좁은 방

좁은 방

백수정 지음

'가난'에 익숙해진다는 건
그들도 미처 깨닫지 못한 재앙이었다

사람인데… 사람이지만… 사회에서 늘 대접받지 못하는
허름한 고시원 속 5인의 이야기

좋은땅

목차

room 1	# 은재의 방 #	8
room 2	# 순자의 방 #	12
room 3	# 혁진의 방 #	16
room 4	# 유미의 방 #	20
room 5	# 춘복의 방 #	24
room 6	# 은재의 방 #	28
room 7	# 순자의 방 #	32
room 8	# 혁진의 방 #	42
room 9	# 유미의 방 #	55
room 10	# 춘복의 방 #	63
room 11	# 은재의 방 #	71
room 12	# 순자의 방 #	76
room 13	# 혁진의 방 #	82
room 14	# 유미의 방 #	86
room 15	# 춘복의 방 #	90
room 16	# 은재의 방 #	95
room 17	# 순자의 방 #	100
room 18	# 혁진의 방 #	105

room 19	# 유미의 방 #	110
room 20	# 춘복의 방 #	115
room 21	# 은재의 방 #	119
room 22	# 순자의 방 #	126
room 23	# 혁진의 방 #	132
room 24	# 유미의 방 #	140
room 25	# 춘복의 방 #	145
room 26	# 은재의 방 #	150
room 27	# 순자의 방 #	157
room 28	# 혁진의 방 #	162
room 29	# 유미의 방 #	167
room 30	# 춘복의 방 (1) #	172
room 31	# 춘복의 방 (2) #	177
room 32	# 은재의 방 #	182
room 33	# 순자의 방 #	188
room 34	# 혁진의 방 #	195
room 35	# 유미의 방 #	200
room 36	# 춘복의 방 #	205

room 37	# 은재의 방 #	211
room 38	# 순자의 방 #	216
room 39	# 혁진의 방 #	222
room 40	# 유미의 방 #	227
room 41	# 춘복의 방 #	232
room 42	# 은재의 방 #	237
room 43	# 순자의 방 #	243
room 44	# 혁진의 방 #	248
room 45	# 유미의 방 #	252
room 46	# 춘복의 방 #	257
room 47(그로부터 1년 후)	# 은재의 방 #	262

room 1

은재의 방

'이곳은 내 어머니의 자궁 속과 같은 아주 적정한 온도와 습도를 품고 있는…… 따뜻하고도 적요로운 남들이 알지 못하는… 은밀하고도 지극히 사적인 내 좁은 방 안이다.'

은재는 자신의 노트북 키보드 자판을 두드리다가 갑자기 문장 마무리를 맺지 못하고 뭉뚱그려 버리고 만다.

은재는 자신이 써 내려간 글처럼 곧장 책상에서 내려와 고시원 낡은 비닐 장판이 깔린 맨바닥에 그대로 드러누워 자신의 몸을 최대한 공처럼 동그랗게 말아 무릎을 있는 힘껏 꽈악 끌어안고서 그렇게 한동안 숨죽여 누워 있었다.

'똑똑똑' 정확히 세 번 조용히 문을 두드리는 소리가 누워 있는 은재의 귓가에 들려왔다.

'배려……'

조용히 방문을 두드리는 소리가 은재의 귀엔 오히려 더 거슬리고 못마땅하다.

두드림의 주인이 누구인지 이미 알고 있는 은재는 억지로 겨우 몸을 일으켜 미간을 잔뜩 찌푸린 채 자신의 고시원 방문을 열었다. 역시나 이곳 405호실 고시원에 거주하고 있는 순자 아줌마다.

"아침에 퇴근하고 오다가이 새벽부터 서는 도매시장 가서 운 좋게 한 박스 사왔따이. 만 오천 원밖에 안 해야. 오자마자 방금 삶았응께 얼른 뜨거울 띠 하나 묵어 봐아."

속으로는 긴 한숨이 나오는 은재지만 순한 순자 아줌마가 눈치 못 채게 부러 밝은 표정으로 삶은 고구마가 담겨 있는 큰 대접을 받아 든다. 이 그릇을 가져다주려면 순자 아줌마와 또 한 번 마주쳐야 하기에 은재는 즉시 방 안에 있는 자신의 쟁반에 삶은 고구마를 덜어내고 빈 대접을 순자 아줌마에게 얼른 내밀었다.

"일일이 저한테 이렇게 신경 안 써 주서도 돼요. 밤새 일 하시고 오시느라 힘드셨을 텐데 언제 또 이렇게 고구마를 삶으셨데요. 맛있게 잘 먹을게요."

은재는 애써 친절히 말한다.

"이렇게 가깝게 살믄서 뭐시든 나눠 묵으믄 좋재. 니 글 쓴다고 절대 끼니 거르믄 안 된다이. 그럼 내는 인자 들어가서 눈 좀 붙일랑게 어여 묵어라이."

아이같이 해맑고 흡족한 표정을 지으며 말하는 순자 아줌마의 널쩍한 등 뒤로 고시원 복도에 있는 벽시계의 시계 바늘이 한눈에 들어왔다. 시간은 벌써 오전 8시를 가리키고 있었다.

"흐음."

은재의 흐릿하게 버짐이 핀 입술 사이로 짧은 한숨이 새어져 나왔다.

오늘도 은재는 제대로 풀리지 않는 영화 시나리오에 온 신경을 쏟으며 매달리다가 또 밤을 새웠다. 쿠팡 물류센터에서 밤새 물류 작업을 하고 온 순자 아줌마처럼.

은재는 갑자기 극심한 피로감이 몰려와 남들은 모두 출근하는 아침 시간에 고시원 좁은 침대 이불 속으로 들어가 기절한 듯이 깊고도 깊은 잠 속에 빠져들었다.

room 2

순자의 방

순자는 자기의 허한 마음과 닮은 빈 고구마 대접을 두 팔로 꼭 끌어안고 자신의 고시원 좁은 방으로 들어왔다.

사람이 그리운 순자는 자신에게 살갑게 곁을 주지 않는 옆방 처녀 은재가 그저 서운하기 짝이 없다.

자신의 방문을 닫은 순자는 헛헛한 눈길로 자신의 방 안을 새삼스레 훑어보았다.

시야로도 얼핏 사방 9제곱미터 될까 말까 하는 좁은 방 안에 방 크기의 절반처럼 커다랗게 느껴지는 고구마 박스가 마치 큰 들짐승처럼 웅크리고 자리를 차지하고 있는 모습이 어째서 순자 자신 같아 괜히 서글퍼졌다.

"뭐덜라고 이 좁은 방에 살믄서 고구마를 한 상자나 사 왔당가. 참말로."

순자는 속으로 못나 보이는 자신을 탓하며 '끙' 소리를 내고는 자신의 이부자리 위에 그제서야 무거운 몸을 눕혔다.

밤새워 일을 했건만 순자는 차디찬 물을 한 대접 뒤집어쓴 것 마냥 오히려 정신이 또렷해져 잠이 도통 오지 않는다.

오늘도 물류 분류 작업 야간 조이기 때문에 지금 잠을 충분히 자 두지 않으면 순자는 오늘 밤에 일하며 졸다가 실수할 것이 불 보듯 뻔한 일이 될 것임을 잘 알기 때문이었다.

이리저리 뒤척이다 순자는 자신의 90키로 육박하는 무거운 몸을 일으켜 갑자기 벌떡 일어난다. 좀처럼 잠이 오지 않을 것 같아 순자는 고시원 책상 제일 깊은 아래 서랍장 안에서 손으로 더듬어 꺼낸 자신의 통장을 실눈을 뜨고 가만히 펼쳐 들여다보았다.

노안이 온 지 한참 된 눈으로 고시원 월세가 송금되고, 17년 넘게 깨지 않고 지키고 있는 순자 자신의 생명 보험료. 그리고 순자에게 제일 중요한 지출 항목이 된, 다달이 [누리원]에서 빠져나간 금액을 순자는 작디작은 눈을 한껏 동그랗게 뜨고 한동안 쳐다보았다.

그 금액이 매월 통장에서 빠져나간 인쇄된 부분을 순자는 두툼하고 살집 있는 검지 손가락으로 가만히 문지른다. 그리고 맑은 하늘에 갑자기 쏟아지는 장맛비처럼 찍힌 금액 위로 후두둑 떨어지는 순자의 눈물방울들.

이젠 더 이상 흘릴 눈물조차 남아 있지 않을 거라고 확신이 들 만큼 자신의 온몸에서 빠져나간 그 오래되고 누추하고, 실상은 이젠 더 이상 진실 되어 보이지 않는 눈물들.

그 숱한 세월 순자는 태어나서 마시고 먹은 물들이 모조리 자신의 흘린 눈물로 다 소진해 버렸다는 생각이 든다.

순자는 통장을 덮어 서랍장에 넣고 그렇게 더 한참을 울다가 마침내 까무룩 잠이 들었다.

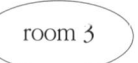

혁진의 방

참으로 낡고 오래된…….
지은 지 올해로 딱 40년 된 이 봉천동 고시원은 최초로 짓고 난 후 혁진이 알기로는 아직 단 한 번도 리모델링조차 한 적이 없다.

혁진이 이 고시원에 들어와 산 지 벌써 6년이 다 되어 가는데 처음 혁진이 이 고시원에 들어왔을 때, 자신은 여기서 오래 살아야 1년이겠구나, 라고 생각했다.

그도 그럴 것이 혁진이 본 이 고시원의 첫인상은 당장 내일이라도 철거할 것처럼 기괴하고도 아슬아슬해 보였다.

하늘을 받든다는 뜻깊은 봉천동 이름에 걸맞지 않게 비가 오면 언제라도 전체 4층 건물의 천장이 내려앉고 태풍이 오면 고시원 건물 통째가 삽시간에 날아간다 해도 고시원 사람들은 하나도 이상할 게 없었다.

그런데도 이렇게 늘 위태위태하고 낡은 고시원에 사는 사람들은 쉽게 이 고시원을 떠나지 못했다. 다른 타 고시원 월세에 반도 못 미치는 이 고시원 월세 가격이 이들이 선뜻 다른 곳으로 떠나지 못하는 아주 중요한 이유 중 하나였기 때문이다.

노동자 부모를 둔 혁진은 자신만의 일상 루틴을 가지고 있다. 비록 고시원 좁은 방이지만 이른 아침마다 자신만의 규칙적인 운동을 하고 있는 중이다.

고시원 책상 윗벽에 운동 순서가 적혀 있는 A4용지를 붙여 놓고 팔굽혀펴기인 푸쉬업 100회, 윗몸일으키기인 크런치 100회, 플랭크 20분, 앉았다 일어서기 100회를 아주 빠른 속도로 진행하며 그 고강도 운동의 고통을 즐겼다. 숨이 넘어갈 정도로 운동의 강도는 높고 힘들지만, 혁진이 이 같은 정신 수행을 하는 데에는 다 이유가 있었다.

같은 퀵 서비스 회사 동료인 동식의 말에 놀아나지 않았더라면, 그랬더라면······.

딱 1년만 버티고 나가자고 다짐했건만 다 쓰러져 가는 이 거지 같은 고시원에 자신이 6년씩이나 살게 될 줄은 꿈에도 몰랐다.

그때 동식이 한 말은 딱히 잃을 것도 없는 혁진에게 귀가 솔깃한 제안이었다.

그러나 은행 대출에 사채까지 손댈 수밖에 없었던 동식의 제안은 혁진이 생각한 딱히 잃을 것도 없는 제안이 결코 아니었던 것이다.

원금에 10배 이상 돈을 벌 수 있다는 말에 늘 가난에 찌든 혁진은 전혀 지식도 없는 코인에 손을 대어 은행 대출도 모자라 결국 대부 업체 돈까지 빌려 쓰는 지경이 되어 버렸다.

오토바이 퀵 배달 일을 한 지가 벌써 5년째인데 힘들게 버는 수입의 전액이 대출 이자로 나가고 있었다. 게다가 요즘은 대출 이자가 올라 빚을 갚기에 오히려 모자랄 판이다.

 내가 어쩌다가 이런 신세가 되었을까 자괴감을 느끼며 아침 운동을 마친 혁진은 고시원 공용 샤워실에서 샤워를 하다가 혁진 자신도 한평생 노동자로 지낸 혁진의 부모처럼 몸을 부리며 일을 하지 않으면 돈을 온전히 모을 수 없겠다는 생각이 문득 들어 갑자기 몸서리가 쳐졌다.

 남들은 쉽게 다 되는 것만 같은 코인 한탕, 주식이나 부동산으로 돈을 버는 일이나 로또 당첨은 혁진에겐 하늘의 별 따기와 같은 결코 이룰 수 없는 먼 남의 이야기일는지 모른다.

 '가난' 따윈 절대 대물림 받고 싶지 않은 혁진은 샤워를 마치고 정신을 차리고서 아침으로 바나나 두 개를 까서 맹물과 함께 서둘러 연거푸 먹었다. 퀵 서비스 회사로 출근한 혁진은 오늘 자신에게 할당된 배송 물품들을 부지런히 오토바이에 실었다.

 이른 가을비가 내리는 차도 위를 달리는 혁진의 시야 속으로 흐린 물안개가 뿌옇게 보이는 것이 마치 혁진 자신의 불투명한 미래 같아 보여 가슴이 먹먹해졌다.

유미의 방

  이 고시원 용도에 걸맞은 유일한 사람인 유미는 현재 7급 행정직 공무원을 준비하고 있는 중이다.

  지방 소읍 농부의 셋째 딸로 태어난 유미는 2년 내내 장학금을 받고 여주에 있는 전문대를 졸업했지만, 늘 자신의 학력에 대한 열등감이 일상생활 전반 어디서나 미미하게 존재했다.

그래도 기질적으로 태생이 밝고 씩씩한 유미는 다행히도 결코 자신의 처지를 비관하거나 낙망하지 않는 성격을 가졌다.

그래서 9급도 아닌 7급 공무원 시험에 덜컥 도전한 것이 유미의 유일한 희망의 '끈'이자 이 오래되고 퀴퀴한 냄새까지 풍겨 나는 듯한 고시원을 탈출할 수 있는 마지막 구원의 통로라고 생각했다.

오늘 아침도 유미는 누가 시키지 않아도 핸드폰 알람을 6시에 맞춰 놓고 일어나 고시원 공동 세면실에 가서 부러 차가운 물로 세수부터 먼저 한다.

뜨거운 여름이 드디어 물러가고 가을이 오는 것인가. 세면대에서 나오는 물줄기가 유미의 얼굴에 제법 차갑게 느껴졌다. 세면을 마친 유미는 자신의 방으로 다시 들어간다.

어느덧 여름에 끝에서 이른 아침 서늘한 바람 한 자락이 유미의 방 쪽창문으로 들어와 고개를 내민 유미의 볼에 살며시 와닿는다.

그때 오토바이 시동 거는 소리가 유미의 왼쪽 귓가로 크게 들려왔다. 유미는 작은 얼굴로 얼른 고시원 쪽창문 밖으로 최대한 내밀어 유심히 내다봤다.

혁진의 모습이 한눈에 가득 들어온다. 혁진이 출근을 하는지 단정하고 말끔한 얼굴로 자신의 오토바이에 올라탔다. 비록 고시원에 살지만 늘상 부지런하고 반듯해 보이는 혁진이 유미는 싫지만은 않다. 오토바이에 올라탄 혁진이 자신 쪽을 바라보자 갑자기 볼이 화끈하게 발그레해진 유미는 후다닥 쪽창문을 닫아 버린다.

어제와 같은 오늘. 오늘과 같은 내일…….
책상 위에 놓인 공무원 시험 교재의 지루하기 짝이 없는 내용들.

이 좁은 방 안에 틀어박혀 매일매일 다람쥐 쳇바퀴 돌듯이 반복되는 재미없는 일상으로 하루를 보내는 유미에겐 혁진의 존재는 늘 흥미롭고도 신선하다.

아니, 오히려 유미의 마음속으로 이미 침투해 버린 혁진에게 관심이 많이 간다고 하는 편이 맞다고 하겠다.

이런 유미와는 정반대로 혁진은 같은 층에 사는 유미의 존재를 전혀 모르는 듯했다. 유미 이외에도 혁진은 다른 이에겐 별 관심을 두지 않는 사람이었다.

공용 부엌이나 공용 세탁실에서 자주 마주치고 스쳐 지나갔을 사람들을 보고도 혁진은 늘 조개처럼 입을 꾹 다물고서 눈빛은 항상 깊은 생각에 골똘히 잠겨 있는 사람처럼 보였다.

그 무언가, 굳은 의지에 가득 찬 그런 혁진이 유미는 궁금했고 눈길이 늘 혁진에게 머물렀다.

밝고, 명랑한 성정을 타고난 유미는 언젠가 때가 되면 혁진에게 자신이 먼저 다가가 꼭 말을 걸어 보리라고 지그시 아랫입술을 깨물며 자신의 좁은 방 안에서 다짐했다.

room 5

춘복의 방

좁은 방…….

좁은 어깨…….

사람은 환경과 상황에 맞춰 신체가 변형되며 적응하고 있다고 76세의 춘복은 생각한다.

낮은 천장…….

비좁은 방에 맞추어 그 크기에 따라 춘복 자신의 어깨도 눈에 띄게

좁아지고 허리는 점점 더 굽어지고 있었다.

이러한 춘복의 머릿속엔 늘 맴도는 생각이 있었다.
'영우만 아니면, 영우만 없다면.'

이 좁은 방에 살면서 남아 있는 구차한 자신의 인생을 더 이상 연명하고 싶다는 마음이 추호도 남아 있질 않다는 걸 잘 알고 있다.

선영이 찾아와서 영우를 이 방에 놓고 저녁 찬거리 좀 사 오겠노라고 말하며 나간 지 벌써 두 계절이 지났다.

자신의 딸인 선영은 지금 어디에 있는 것일까?

자신의 한 몸도 챙기기 힘겨운 나이 든 애비에게 아들을 버려두고 도대체 어디에서 무얼 하고 있단 말인가? 영우 애비는 왜 연락조차 닿지 않는 것일까?

이제 곧 겨울이 돌아오면 어린 영우가 살기엔 이곳은 무섭도록 지독한 추위가 찾아올 것이다. 기초 수급으로 받는 액수로는 따뜻한 난방을 하며 살기엔 턱없이 부족하다.

춘복의 방

춘복이 겨울을 이토록 두려워하는 이유는 다달이 꼬박꼬박 나가는 월세며 부식비, 각종 지병을 앓고 사는 춘복의 병원비만 해도 혀를 내두를 정도로 한참이나 부족하기 때문이다.

가난한 사람들에게 여름과 겨울이란 계절은 그야말로 지옥이다. 더욱이 이런 비좁은 쪽방에 사는 사람들에게는.

숨통이 좀 트이는 봄과 가을은 참으로 야속하게도 쏜살같이도 지나가 버리고 만다.

이런 생각에 잠겨 있는 춘복에게 쪽창문으로 들어오는 서늘한 가을바람에 벌써 두려움과 한기가 한꺼번에 몰려 들어왔다.

더욱이 영우가 있는 이 방으로 어김없이 찾아올 얼음장 같은 겨울 추위가 더더욱 생생하게 느껴져 춘복은 낯빛이 단박에 어두워졌다.

아내가 선영을 낳고 사흘도 되지 않아 세상을 등졌다. 지금에야 아이 낳는 일이 별일이 아니라지만 그 당시엔 시골에 사는 가난한 사람들에게는 목숨도 앗아갈 수 있는 일이 애를 낳는 일이었다.

그랬다.

아내인 선영의 엄마는 남들이 보기에도 피골이 상접할 정도로 선천적으로 허약체질이었다.

없는 형편에 해산하기 전 몸을 보호한다는 명목으로 큰 가물치를 사서 춘복은 뜨거운 여름인데도 아궁이에 불을 지펴 푸욱 고아서 손수 아내에게 세 번이나 먹이곤 했다.

그러했는데도 결국은 아내는 그의 곁을 무심히 떠났다.

엄마 없이 자라는 어린 딸 하나를 춘복은 참으로 정성을 다해 애지중지 키웠다. 엄마 젖을 대신해 때맞춰 분유를 일일이 타서 먹이고 논과 밭일도 다 팽개치고 아이부터 챙겼다.

보기에도 아까워 그렇게도 애달프게 키운 선영이 자신의 아들을 놓고 나가 아직까지도 돌아오지 않고 있다.

이제 곧 매서운 바람을 몰고 겨울이 찾아올 터인데.

언제 들어왔는지 모를, 지 애미를 쏙 빼닮은 영우가 구립 어린이집에서 돌아와 어두운 낯빛으로 되어 있는 춘복을 걱정스러운 눈길로 바라보고 있다.

$\huge\textsf{room 6}$

은재의 방

언제부터인가 은재는 글 쓰는 일 외에는 달리 할 게 없는 사람이 돼 버린 것 같았다.

아니, 글 쓰는 일 외에는 그저 하고 싶은 일도 해야 할 일도 딱히 없는 듯도 했다.

늘 실타래 엉키듯이 제멋대로인 사유가 가득한 은재의 머릿속 이야기들. 지금 현재는 앞으로 나아감도 없지만, 뒷걸음치지도 않고 있음이 분명한데.

은재는 은재 자신이 움직임이 전혀 없는, 마치 시간이 정지된 비현실적인 공간 속에 홀로 갇혀 있는 것 같다는 생각이 들었다.

먹고, 자고, 눈뜨고.
늘 자신이 머무는 일상의 좁은 공간인 이 방이 은재는 불현듯 답답하게 느껴져 갑자기 호흡이 가빠졌다.

이렇게 한 번씩 마음의 균열이 생기면 은재는 어찌할 바를 몰라 안 그래도 뭉툭해져 있는 애먼 손톱을 한없이 물어뜯곤 했다.

그 근원을 알 수 없는 균열이 은재의 오감을 건드려 피부에 들러붙은 거머리처럼 촉각마저 느껴졌다.

그 균열의 금은 무차별하게 쩍쩍 갈라지고 저마다 각자 자기의 길로 아우성대며 쪼개져 나가 버린다. 그 균열 속으로 어이없게도 빠져 버리고 마는 은재 자신은 빈민가나 다름없는 이름만 [고시원]인 이곳에 사는 자신이 제 또래 주위 친구들에 비해 속된 말로 '루저' 같았다.

정식 대학교를 졸업했음에도 영화 시나리오를 쓴답시고 그 나이 되도록 돈벌이는커녕 고시원 월세나 최소한의 식비와 생활비를 벌어 본 일이 없다. 장장 9년 동안 늙은 노모의 얼마 되지도 않는 노후 자금을 낚아채, 야금야금 갉아먹으며 살아가고 있는 자신이 꼭 송충이같이 느껴졌다.

무뚝뚝하긴 해도 성품이 태생적으로 선량한 노모는 자신의 늦둥이 딸이 언젠가는 분명히 작가로 성공할 것이라고 감히 한 치의 의심조차 없었다.

노모에게 '은재'는 당신의 자존심이나 은총과 다름없었다. 나이 들어 낳은 은재를 힘들게 키운 노모에겐 그 은총은 응당 받아 마땅한 것이었다.

고시원 철거 소식이 들려오자 기나긴 늦장마 끝에 곰팡이가 피어오르듯 고시원 사람들의 근심도 급속도로 빠르게 퍼져 나갔다.

은재가 숟가락으로 퍼먹는 밥알들조차도 근심과 걱정들의 부산물이 되어 갔다.

'가난'에 익숙해진다는 건 그들도 미처 깨닫지 못한 재앙이었다.

병원비가 없어 수시로 아픈 곳이 있어도 선뜻 병원에 발을 디딜 수도 없을뿐더러 번듯한 식당에 들어가서 대접받으며 제대로 된 식사 한 번 사 먹기에도 그들의 주머니는 늘 빈곤했고 누추했다.

사람인데……
사람이지만……
사회에서 늘 대접받지 못하는 그들…….

철거 소식이 좀 더 구체적으로 다가왔다. 점차 실체가 드러나는 기정사실이 은재의 마음 안에서 비로소 명징해졌다.

'이제 이곳을 어서 나가야 한다.'

room 7

순자의 방

　오랜만의 순자의 휴무일에 난데없이 가을비가 여름 장마처럼 퍼부었다. 이 고시원 4층에 사는 사람들은 폭우가 쏟아질 때마다 곤욕을 치른다.

　어김없이 순자 방 천장에서 떨어지는 빗물을 여기저기 있는 대로 모은 대야와 양푼을 좁은 방바닥에 받쳐 놓고 있노라니 문득 순자 자신이 몹시도 처량하고, 스스로가 가여워졌다.

하루 종일 내리는 비……
녹진하고도 한껏 눅눅해진 마음들…….

기약 없는 노동……
기약 없는 기다림……
기약 없는 가난…….

이 모든 것이 어느 것 하나 믿을 만한 것이 없다고 깨달은 순자는 순간 당황스러워졌다.

이 정체 모를 불안감이 부유하는 이 공기 속에서 순자 자신의 육중한 몸무게가 오히려 깃털처럼 가볍게 느껴졌다. 이렇게도 기약 없이 둔중하고 몹쓸 불안감에 비한다면 말이다.

이 쉼 없는 고단함이 도대체 언제 끝이 날는지, 시선의 초점을 잃어버린 순자의 백태가 낀 눈동자가 방황하며 허공을 헤매 다닌다.

그러자 아득해진 정신을 다시 차리려고 순자는 애써 어금니를 꽉 물고서 고개를 흔들어 댔다.

'정신 차려야지, 정신을. 내가 이라고 정신을 놓고 살믄 우리 불쌍

한 민석이는 누가 먹여 살린당가?'

순자는 자신의 오른쪽 뺨을 세차게도 내려쳤다.

얼얼해진 뺨의 통증을 멍하게 느끼고 있다가 점심 끼니때도 놓친 걸 그제야 깨달은 순자는 고시원 책장 선반에 쟁여 둔 햇반 하나를 꺼내고, 엊그제 공용 부엌 가스레인지에서 직접 만든 검은 콩자반이 든 플라스틱 반찬 용기도 같이 꺼내 들었다.

전자레인지에 햇반을 데우는 것도 귀찮은 순자는 자신의 방에 있는 전기포트에 물을 끓여 햇반 용기 속에 직접 물을 붓는다. 뜨거운 물들로 데워진 인스턴트 즉석 밥알들은 습관이 되니 꽤 먹을 만했다.

간소한 식사를 마친 순자는 행주로 책상과 선반을 깨끗이 닦는다.

그 행위는 순자에겐 꽤나 진지하고 거룩한 작업이라고도 할 수 있다. 여기저기 닦은 행주를 순자는 고시원 세면실로 가지고 가서 깨끗이 비벼 빨아 온다.

깨끗이 비벼 빨아 널은 작은 행주에서 나는 세제 향기가 순자의 정신을 유일하게 환기시켜 주었다.

좁은 방 안에서 나는 향긋한 냄새가 순자의 작은 낙이 되어 시도 때도 없이 순자는 인공 세제를 풀어 행주를 빨아 쪽창문 앞에다 널어 놓는다.

그제야 순자의 원인도 알 수 없는 시끄러운 마음이 얼마간 가라앉는 듯했다.

순자는 그렇게 검은 콩자반으로 늦은 점심을 때운 채 저녁도 거르고 부러 이른 잠자리에 들었다. 다음 날은 순자의 일이 아침 조에 배정되었기 때문이다.

차라리 미리 일찍 잠을 자 두면 야간 조 타임 때 낮에 조는 습관이 새어 나와 오전에 일하다가 어김없이 깜빡 졸 수 있는 것을 방지하기 위함이었다.

그렇게 잠들어 새벽 5시에 눈을 뜬 순자는 고시원 세면장으로 가서 찬물에 얼굴을 씻고 아직도 얼굴에 묻어 있는 잠기운을 애써 털어 내고 있었다.

쿠팡 물류센터의 통근 버스를 놓치지 않으려면 지금 바로 서둘러 옷을 입고 나가야 한다.

통근 버스를 놓치지 않고 올라탄 순자는 1시간이 지나서야 버스에서 내려 물류센터장의 육중한 문을 열고 들어갔다.

늦지 않게 왔건만 부지런함이 태생적으로 몸에 배어 있는 듯한 베테랑 직원들이 벌써 와 있는 것을 보고 순자는 잠시 머쓱해졌다.

오늘의 물품 배송 작업을 위해 배정받은 자신의 자리에 앉은 순자는 남은 잠을 털어 내려 다시 자리에서 벌떡 일어나 물류센터 탕비실로 가서 끓인 믹스 커피를 찬물에 섞어 단숨에 식도에 털어 넘겼다. 카페인의 힘으로 순간 순자의 멍했던 정신이 퍼뜩 깨어났다.

그리고 난 후, 오늘 순자에게 할당된, 눈앞에 탑처럼 쌓여진 크기도 중량도 제각각인 물건들을 종류별, 지역별로 순자 특유의 익숙하고도 숙련된 빠른 손놀림으로 분류해 내기 시작했다.

쿠팡 물류센터에서 일하는 장점 중 하나는 하는 일은 고돼도 다음날, 순자의 통장으로 일당이 바로 입금되기 때문에 순자 나름대로 소소하게나마 돈 버는 재미를 느껴 간다는 것이다.

물론 그 애써 번 돈들은 남김없이 고스란히 모두 빠져나갈 테지만, 그래도 우리 민석이를 먹이고 재울 귀한 돈인 것이다.

성정이 선천적으로 선하고 욕심 없는 순자는 이것으로도 충분히 만족해하고 감사해했다. 더도 말고 덜도 말고 지금처럼 욕심 없이 살면 그뿐이었다.

'너머 애쓰지 말자이. 숨넘어가도록 그렇게 애쓰고 살지 말자이. 오늘 그저 내헌티 냉게진 하루……. 그렇게 애쓰지 말고 살아 보자이.'

그렇게 순자는 배송 물품들을 익숙한 손놀림으로 분류하며 굳게 힘주어 생각을 다잡는다.

'내가 살 수 있기를…… 내가 살아 낼 수 있기를…….'

기도하는 마음으로 배송 물품 포장하듯, 허물어졌던 마음을 끈으로 매듯이 그렇게 순자는 애써 단단히 마음을 다잡아 묶었다.

정신없이 일을 하다 보니 바로 옆 라인에서 일하고 있는 현이 엄마가 순자를 부른다.

"민석 엄마! 밥 먹으러 가자! 까딱하다 늦게 가넌 자리 없어 기나려야 되니까."

몸무게와 비례하게 느리고 순한 순자와는 달리 고1 딸 하나와 용접 일을 하는 남편을 둔 현이 엄마는 그 작은 체구에도 행동이 빠르고 영리하며 민첩하다.

그녀는 이 쿠팡 물류센터에서 순자를 살뜰히 챙겨 주는 유일한 사람이다.

첫 대면에서는 생콩처럼 깍쟁이같이 굴더니만 3년여를 같이 일한 사이가 되다 보니 어느 날, 자신의 아픈 손가락인 민석이 이야기를 어찌어찌하다가 현이 엄마한테 다 털어놓게 되었다.

이야기를 들은 그날 이후, 뚱뚱하고 비호감 외모에 눈치까지 없는 순자를 순자가 느끼기에도 티가 날 정도로 잘 챙겨 주기 시작했다.

현이 엄마의 빨리 오라는 손짓을 보며 일어난 순자는 무거운 몸무게지만 자리를 놓칠세라 재빨리 현이 엄마를 따라나섰다.

물류센터 직원 식당 안은 그 찰나의 시간에 대번에 사람이 꽉 차 있었다. 눈치 빠르고 행동 빠른 현이 엄마 덕을 순자는 또 본다.

어느새 자리를 잡은 현이 엄마에게 순자도 도움이 되고 싶어 덩치 큰 자신이 식판 두 개에 밥과 반찬을 거뜬히 가볍게 받아와 현이 엄마가 잡아 놓은 자리에 식판을 내려놓고 앉았다.

이젠 현이 엄마와 잘 아는 터라 순자는 평소에 현이 엄마가 좋아하는 반찬인 냉이 나물이며 계란말이며 이것저것 더 많이 받아 왔다. 억지로 반찬을 더 내주며 배식 담당 아주머니의 인상이 찌푸려지는 것도 순자는 본체만체 했다.

이제 제법 순자도 이쪽 계통에서 잔뼈가 굵어진 터라 배식 아주머니의 눈치 주는 일 따위에 더 이상 주눅이 들지 않는다.

순자는 현이 엄마가 자신의 식판을 눈으로 싹 훑어보며 흐뭇한 표정으로 젓가락을 들어 올리는 것을 찬찬히 지켜본다.

그런 현이 엄마 표정을 본 순자도 타인에게 도움을 줄 수 있다는 마음에 묘하게 뿌듯해졌다.

물류센터에서 일하며 얻는 또 하나의 소소한 기쁨은 순자가 일하며 제일 기다리는 이곳에서의 점심시간이다.

고시원에서 제대로 영양을 갖춘 식사를 하지 못하는 순자에겐 쿠팡 물류센터에서 제공해 주는, 나름대로 기본 5대 영양소가 골고루 들어간 점심 식사가 격식을 갖춘 제대로 된 유일한 식사이기 때문이다.

순자의 입맛에도 더 없이 딱 맞고 양도 넉넉히 주는 이 점심 식사는 육중한 체구를 가진 순자의 소박한 행복이기도 하다.

현이 엄마와 이런저런 잡담을 하며 든든히 배를 채운 뒤 식사를 마치고 제자리로 돌아온 순자는 평소에 켜켜이 쌓인 피곤함과 식곤증까지 더불어 밀려와 한없이 졸음이 쏟아졌다.

졸다가 분류 작업 실수를 다시는 하지 않아야 하기에 다시 탕비실로 가서 한꺼번에 믹스 커피 두 봉지를 가득 타서 털어 마시고 졸음을 쫓아내며 순자는 습관대로 열심히 자기의 일에 매진한다.

밥을 입안으로 밀어 넣을 때도,
졸음을 쫓아내 가며 커피를 마시면서 일을 하는 순간에도,
순자는 문득문득,

아니,

매 순간.

민석이가 너무 그립고 보고 싶다…….

$\boxed{\text{room 8}}$

혁진의 방

바람이 차다.

바람이 차면 눈이 온다는 얘기를 혁진은 외조모로부터 어릴 적 들은 적이 있다.

혁진은 오토바이에 오프 상태로 있던 PDA 단말기를 켜고, 퀵 배달 오더가 뜨길 기다리며 차디찬 새벽바람을 뚫고 자신의 오토바이를 타고 찬 공기를 한껏 마시며 도로를 힘차게 달린다.

하루 24시간 중 이 시간이야말로 세상에서 그 누구도 부럽지 않은 사람이 된다.

그때 혁진의 단말기에 배달 오더가 뜬다. 역삼동 사무실에서 출발하고 배달지 또한 역삼동 원룸촌이다. 배달이 오고 가는 지역이 같은 동네이면 확실히 편하고 하루 배달량을 단 몇 건이라도 더 확보할 수 있게 된다.

혁진은 물건을 받을 역삼동 사무실에 도착하여 쉬이 종이 쇼핑백 봉투를 들고 나왔다.

혁진은 왠지 오늘 시작부터가 기분이 좋다.

어쩐지 오늘은 하루 종일 무사히 일을 마칠 수 있을 것 같다는 느낌이 든다.

엘리베이터도 없는 역삼동 원룸 4층짜리 작은 건물에 도착했다. 제일 위층인 402호까지 직접 걸어서 올라가다가 배달 물품인 쇼핑백 모서리가 심하게 구겨져 있는 것을 그제야 발견하고 당황해한다. 물품을 받을 때는 멀쩡했는데 어디에 부딪힌 걸까. 종이봉투 안의 물품이 조금이라도 훼손되었을까, 성격이 올바른 혁진은 괜히 걱정이 되었다.

4층으로 걸어 올라간 혁진은 배달 주소인 402호 벨을 길게 한 번 눌렀다.

3번쯤 벨을 눌러도 응답이 없어 고객 휴대 번호로 전화를 걸어 보려던 찰나. 그제야 문이 빼꼼히 열리며 속옷 차림을 한 어린 여자애가 배달 물품을 마치 도둑맞은 물건 빼앗듯 낚아채며 가져가고 서둘러 사인을 하고 문을 닫으려 했다.

닫으려던 문을 혁진은 붙잡고 그 어린 여자애에게 말을 걸었다.

"저기, 물품 종이봉투 모서리가 구겨졌는데 죄송하게 됐습니다."

"됐어요."

그녀는 짧게 말을 마무리하며 문을 또다시 닫으려 했다.

"배달 물품엔 이상이 없는지 확인 좀 부탁드립니다."

"아이 참! 됐다니까요."

그녀는 문을 '쾅' 하고 닫았다.

그때 그 순간 문을 닫으며 그녀의 목소리가 선명하게 혁진의 귓가에 들려왔다.

"뭐래? 병신. 요즘 퀵 배달 늙탱이들은 한 번에 말귀를 못 알아들어. 짱나, 씨발."

혁진은 여동생뻘 되는 어린 여자애가 문을 닫으며 쓰레기 버리듯 내뱉는 말을 듣고야 말았다.

저보다 한참 나이 어린 계집애의 고객을 상대하고 알 수 없는 모멸감의 구정물을 잔뜩 뒤집어쓰고 원룸텔을 나온 혁진은 오토바이에 재빨리 올라타 핸들 바를 힘껏 당겼다.

무슨 일이 있어도……
이젠 그 무엇이라도……
그 누구에게라도……
자신이 무시의 대상으로 살지 않겠다는 굳은 신념 아래.

이젠 더 이상 버려진 폐지처럼 구겨지고 짓이겨지는 일은 반드시 다시는 일어나시 않도록 다짐하며 달리는 오토바이에 앉아 혁진은 오토바이 클러치 레버를 굳은살이 박힌 손으로 더더욱 단단히 꼭 쥐어 잡았다.

하루 종일 기분이 더러워진 채로 일과를 겨우 마치고 돌아온 혁진이 고시원 앞 길가 주차장에 애지중지하던 오토바이를 내팽개치듯 세워 놓고 고시원으로 곧장 들어가려는데 등 뒤에서 누군가가 말을 걸어왔다.

"저기, 우리 몇 번 마주친 적 있죠? 전 그쪽 많이 봤어요. 저랑 같은 또래인 거 같아서요. 지금 퇴근하신 거 같은데 혹시 저녁 안 드셨으면 저랑 같이 밥 먹으러 갈래요? 아! 내키지 않으시면 거절하셔도 되구요!"

혁진은 낯은 익어도 딱히 마주친 기억이 없는 거 같은 이 작고 마른 여자아이는 누구인가 하며 골똘히 생각을 더듬어 본다.

늘 자신의 생각만으로도 머릿속이 꽉 차 혁진은 타인들에게 관심조차 없던 탓에 머리를 굴려 봐도 도무지 이 작은 여자가 기억나지 않는다.

지금 찬찬히 이 여자를 정면으로 보고 있자니 키는 작지만 입매가 단단해 보이고, 무엇보다 호기심 가득 찬 표정으로 지금 자신을 똑바로 응시하고 있는 태도가 혁진 자신과는 다르게 당당해 보이는 것이 마음에 들어왔다.

하루 종일 마음이 체한 듯 답답하고 미칠 것 같았던 차에 생각도 하지 않고 충동적으로 내뱉었다.

"밥 말고 맥주 할래요?"

"그럼 우리 밥도 먹고, 맥주도 마셔요."

키는 작고 입매가 단단해 보이는 그녀가 해맑은 표정으로 대답한다.

순간 그녀의 입술에서 나온 '우리'라는 말을 듣자, 혁진이 그간 살아오면서 자신의 삶 속엔 존재하지 않았던 '우리'라는 단어가 가슴속 깊숙이 파고 들어옴을 느꼈다.

"근처에 가는 곳 있어요?"

혁진은 마르고 건조한 억양으로 고시원 밖을 나와 골목길을 걸으며 그녀에게 물었다.

그녀는 고개를 끄덕이며 생긋 한 번 웃어 보인다.

"그전에 먼저 통성명부터 해요. 난 요즘엔 아주 흔한 이름인 김유미라고 해요. 유. 미."

자신 이름은 목소리를 조금 높여 또박또박 강조했다. 그러한 그녀의 모습이 혁진에겐 그녀가 초등학생처럼 귀엽고 앳되어 보이기까지 했다.

마치 자신의 이름을 절대 잊어버리지 말라는 듯.

"공무원 시험 준비 중이에요. 여러 번 떨어졌지만 어렵게 해낸 공부를 놓기란 그렇게 생각보다 쉽지 않은 일이에요."

유미의 밝았던 인상이 잠시 어두워졌다.

혁진은 갑자기 의아해졌다. 이 해묵고 낡아빠진 고시원에서 지내는 사람들은 진짜 고시생들이 아닌, 각자 저마다 사연이 있는 생활고를 겪는 일반 사람들만 있는 줄 알았던 것이다. 그때 마침 유미라는 여자가 혁진의 속마음을 다 읽은 듯이 말을 이어 나갔다.

"아버지, 어머니께서는 지방 소읍에서 농사를 짓고 사세요. 여러 번 연속으로 시험에서 낙방한 딸을 계속 지원해 주실 형편이 안 되시기 때문에 저도 이곳을 여기저기 알아보다 겨우 찾아냈어요. 비록 낡고 언제 허물어질진 모르지만 지금 제 형편으로는 보물같이 안성맞춤인 곳이죠."

유미의 표정이 이내 다시 밝아졌다.

"저기예요. 제가 잘 가는 곳이요. 가격도 싸고 맛도 좋아요. 주인 아주머님도 아주 친절하시구요."

유미와 함께 들어간 곳은 간판도 없는 시골에서나 볼 법한 조용하고 고즈넉한 실비식당 같은 곳이었다. 좀 낡긴 했어도 식당 자체는 청결해 보여 혁진은 조금 마음이 놓였다.

연세가 좀 있는 주인아주머니가 메뉴판을 가지고 온다.

"아직 그쪽 성함 말씀 안 해 주셨어요."

여자는 싱긋 웃어 보이고는 메뉴판을 꼼꼼히 훑어본다.

"가만 보자. 뭘 먹으면 좋을까요? 여기 강된장 보리 비빔밥도 맛있고, 제육볶음도 잘해요."

"제 이름은 권혁진이구요, 전 안주는 됐으니까 드시고 싶은 거 드세요."

"아, 그럼, 혁진 씨! 제가 추천하는 거 드셔 보세요. 일단 간단히 제육볶음이랑 순두부찌개 먹어요. 여기 순두부찌개도 일품이에요."

곧이어 맥주와 안주 겸 식사를 주문했다.

유미라는 이 여자는 어쩌면 이렇게도 처음 만난 남자와 전혀 거리낌 없이 저리 해맑게도 웃으며 이 자리에 나와 함께 있는 것일까. 자신의 무뚝뚝하고 건조한 성격과 전혀 다른 유미라는 여자의 얼굴을 그제서야 찬찬히, 그리고 물끄러미 들여다본다.

작은 체구에 작은 얼굴. 그 작은 얼굴에 오밀조밀하게도 눈, 코, 입이 다 들어가 있다는 게 혁진은 그저 신기하기만 하다. 작은 얼굴에 비해 커다란 눈은 또 유난히 사슴같이 말갛다.

그 커다란 눈망울을 가만히 들여다보고 있자니 혁진은 이유도 없이 가슴 한켠이 시려 왔다.

장사를 한 지 꽤 오래됐을 법한, 모진 세월의 흔적이 표정에서 역력히 드러나 보이는 주인아주머니는 무심하게 숙련된 재빠른 손놀림으로 시간이 얼마 지나지 않아 메인 안주인 제육볶음, 순두부찌개와 더불어 무나물이며 반숙으로 익힌 계란 프라이 두 장, 시래기나물, 석박지 등으로 순식간에 한 상이 차려져 나왔다.

혁진이 어릴 때 외할머니가 차려 주신 밥상 분위기와 비슷해 보여 순간 혁진은 이 허름한 식당에 갑자기 정감이 갔다.

"어서 먹어요. 그래도 밥 한 술은 뜨고 맥주 마셔요. 식사 때가 지나서 많이 시장하실 것 같은데요."

그 유미라는 눈이 유난히도 말간 여자는 혁진 공기밥 뚜껑을 손수 열어 주었다.

혁진은 고맙다는 표현으로 어색하게 고개를 한 번 끄덕이며 숟가락으로 밥 한 술을 먼저 형식적으로 입안에 떠 넣었다. 그리고 많이도 기다렸다는 듯이 자신의 잔에 맥주를 빠르게 따랐다. 맥주는 투명힌 잔 속으로 현란히고도 훤한 레몬 빛을 발히고 기포를 쏘이 올리며 금세 잔을 채워 주었다.

혁진은 오늘 퀵 배달을 하며 일어났던, 말할 수 없이 그때의 불쾌한 기분이 떠올라 따라 놓은 자신의 맥주를 단숨에 식도 안으로 털어 넣었다.

"저도 한 잔 주세요."

빈 잔을 불쑥 내밀며 짤막히 말한 그녀는 멀리서 얼핏 보면 미성년자같이 앳되어 보였다.

"제가 키가 작아서 그렇지, 이래뵈도 석 달 뒤면 서른이에요."

유미는 갑자기 식탁 아래를 보며 시무룩한 표정을 짓는다.

그 표정조차도 어리고 귀여운 학생 같아 보여 혁진은 자신보다 두세 살은 족히 어려 보였던 그녀가 자신보다 두 살이나 더 많다는 걸 알고 적잖이 속으로 놀랐다.

혁진은 몇 차례, 자신의 옷처럼 딱 맞는, 딱히 더 하지도 덜 하지도 않는 듯이 어느새 익숙하고 편한 만남을 유미와 지속하게 되어 버렸다.

그렇게 혁진과 유미는 어느 순간 짧은 찰나에 서로의 모진 결핍의 허기를 채우기라도 하듯 자신들의 무모한 젊음을 담보 삼아 서로를 강하게 갈구하고 탐닉하기 시작했다.

자세히 기억해 보니 그녀의 혀 안에선 바다를 가득 품은 듯한 진한 파래 내음이 났다. 바다 내음이 감도는 그녀의 입술 속 안 혀의 돌기가 팽팽하게 올라오면 혁진의 혀를 통해 순식간에 온몸 깊숙한 곳까지 들어와 앉았다.

파래 내음의 청량하면서도 쌉싸래한 향내가 혁진의 정체되어 있는 황량한 삶 속으로 따스히 안착되어 가게 되었다.

점…….

그것은 하나의 어떤 점이었다.
그녀와 내가 어떤 무언가 하나로 일치하는 점…….

다섯 손가락 중 검지를 가만히 허공에 그대로 향해 올리면 어느새

한 곳에 함께 맞닿아 있는 그 지점.

 그 흔적들……
 그 방황들…….

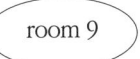

유미의 방

어쩌자고……

도대체 어쩌자고…….

혁진을 만나자마자 다짜고짜 밥부터 먹자고 했을까. 그러한 자신도 모르는 생뚱맞은 무모함에 유미 스스로 흠칫 놀라고 말았다.

그의 얼굴을 스치듯 빠르게 보아 왔거나, 아니면 이따금씩 저어 멀

찍이 떨어져 먼 곳에서 그를 바라만 봐 왔던 게 전부였던 유미는 혁진을 아주 가까이에서 직접 정면으로 응시하자마자 자신도 모르게 뭐에라도 홀리듯 입안에서 갑자기 튀어나온 말이었다.

그의 강직하고도 강렬한 시선을 그 어느 누구라도 보게 된다면 분명 자신과 똑같은 행동과 말을 하게 되지 않았을까 유미는 자신 있게 생각했다.

마치 주술이라도 걸린 듯 그의 깊고도 깊은, 약간은 묘하게 푸른빛이 도는 신비스러운 그의 검은 눈동자를 바라본다면 누구라도 그러했을 것이다.

그와 처음 밥을 먹을 때도 유미의 정신은 까마득히 아득해졌고, 마음은 땅바닥에 주저앉은 듯 무거운 추 마냥 내려앉고 말았다.

마치 혁진을 만나기 위해 이 세상에 태어난 건 아닌가 하는 착각이 들 만큼 온전히 혁진에게 빠져 버린 유미는 혁진을 향한 또 다른 자아를 가지게 된 자기 자신의 앞으로의 행보가 갑자기 궁금해졌다.

유미와 혁진은 그때 그 저녁 시간 이후로 서로 약속이나 한 듯, 별다른 일이 있을 때를 제외하고는 늘 둘이 함께 밥을 먹거나 혹은 술을 마셨다.

때로는 유미가 손수 만든 간소한 도시락을 혁진의 오토바이 트렁크인 탑 박스 안에 몰래 넣어 두기도 했고, 유난히 추운 날씨엔 뜨거운 커피를 넣은 보온병을 넣어 두기도 했다.

살갑게 고맙다는 표현이 익숙하지 않은 혁진을 유미 자신이 더 잘 알기에 혁진에게 전혀 서운하지도 않을뿐더러 자신이 싸 준 도시락을 먹고 깨끗이 비워 주기만 해도 유미는 그저 행복했고 기쁨으로 하루하루가 충만했다.

그렇게 유미와 혁진은 연인처럼, 때로는 혈육인 오누이처럼 서로에게 기대어 지치고 고된 하루하루를 이겨 내어 나갔다.

혁진과의 잠자리는 늘 조용하고 간결했다. 차분하고도 고요한 그와의 잠자리는 심지어 거룩하기까지 했다.

우리는 서로 각기 다른 무엇을 향해 간절했던가.
그 간절함의 근원지는 무엇이었나.

혁진과의 밝은 미래를 꿈꾸고자 유미는 혁진을 만나면서도 허투루 시간을 낭비하거나, 공부에 소홀하지도 않았다. 아니, 혁진을 만나기 전보다 오히려 더 공무원 시험 준비에 파고들어 사력을 다해 자신의 목표를 반드시 이루려고 노력했다.

앞으로 올 7월 20일부터 유미는 7급 공무원 응시 원서를 넣게 된다. 유미는 혁진과 부모님께 이번에는 보란 듯이 반드시 시험에 합격하리라 입술을 깨물며 그렇게 공부에 매진했다. 마치 하루가 자신의 인생 끝자락 귀퉁이 마지막 남은 나날처럼.

그렇게 유미는 있는 힘을 다해 하루 24시간을 혁진과 함께 밥을 먹는 시간을 제외하고는 귀하게 알뜰히 시간을 쪼개어 공부에만 온 정신을 쏟아부었다.

유미가 그렇게 공부에 매진하는 동안, 그토록 지독히도 추웠던 고시원의 겨울이 드디어 무사히 물러가고 온 세상천지에 벚꽃이 흐드러지게 피어오르는 봄이 찾아왔다.

'시간'은 아무리 붙잡고 놓지 않으려 애를 써도 그렇게 어김없이 흘러가는 법.

고시원 철거 소식은 작년 가을부터 들려왔건만 아직도 굳건히도 건재하고 있었다. 비록 남들이 보기엔 한없이 낡고 허름해 보인다 해도 이곳 고시원은 여기 사는 사람들에겐 아주 중요하고도 절실한 거처를 제공해 주는 귀한 공간임에 틀림이 없다.

벚꽃이 만개한 봄날, 어느 주말에 유미 휴대폰으로 시골에 계시는 어머니의 전화를 받았다. 유미가 먹을 밑반찬 좀 간단히 해서 고시원으로 직접 찾아오시겠노라고.

늘 매사에 똑 부러지고 야무진 유미는 눈앞에 보이는 고시원 쪽창문 앞에서 벚꽃 잎 하나가 떨어질 때 마음속으로 다짐한다. 유미는 혁진을 자신의 어머니에게 이번에 인사를 시키기로.

그날 저녁도 어김없이 혁진과 저녁 식사를 함께하며 유미는 한참을 꾸물거리다 조심스럽게 말을 건넸다.

"내일 고향 시골에서 어머니가 밑반찬을 가지고 올라오신대. 너만 괜찮다면 우리 엄마, 한번 만나 볼 테야?"

유미는 넌지시 최대한 무심한 듯 물었다.

오늘은 유난히 많이도 시장했던지 입 짧은 혁진이 유미가 발라 준 고등어구이 살점을 맛나게 젓가락으로 집어 먹다가 유미의 갑자스러운 말에 낯빛이 어두워지면서 밥을 먹다 말고 갑자기 젓가락을 조용히 내려놓는다.

기분이 안 좋을 때면 조개처럼 입을 다물어 버리는 혁진을 몇 번 봐 왔던 터라 이번에도 혁진이 아무런 대꾸도 없이 입을 꾹 닫아 버리자 유미는 당황스러워 어찌할 바를 몰랐다.

그리고 유미가 그 뒤로 혁진에게 어렵게 꺼낸 말.

"내가 시험에 합격해서 자리 잡으면 너랑 나랑 밥 먹고 사는 데는 아무 문제 없어."

그러자 혁진은 자신에 테이블 앞에 놓인 스테인리스 물컵에 따라 놓은 물을 단숨에 마신다.

"그게 다가 아니야."

한참이나 굳게 다물었던 입을 열어 짧고도 단호하게 이야기했다.

"유미는 유미 생각만 다라고 생각해? 나도 남자야. 내가 앞으로 완전히 일어설 때까지는 나는 좀 더 시간이 필요해."

 이렇게 단호하게 말하는 혁진을 보며 유미는 덜컥 가슴이 내려앉고 난감해졌다. '어떻게 하면 이런 혁진을 설득해 어머니께 인사를 시킬까?'라고 속으로만 생각하는 중에 혁진이 마저 말을 이어 나갔다.

 "내가 진 빚을 완전하게 다 갚으려면 지금 내가 받는 일당을 고시원 월세랑 생활비를 제외하고는 한 푼도 안 건드리고 다 갚는다 해도 앞으로 족히 2, 3년은 더 필요해. 난 아직 준비가 안 되어 있어. 미안하지만 어머님 뵈는 건 거절할게."

 그런 말을 들은 유미는 혁진의 단호하고 강직한 성품을 알기에 이렇게 이야기한다.

 "그래, 그럼. 내가 너무 서둘렀나 봐. 부담 줘서 미안해. 어서 먹던 밥마저 먹어. 혁진아."

 "아냐, 난 다 먹었어. 유미가 얼마 못 먹었잖아. 어서 편하게 밥 먹어. 기다릴게."

 오랜만에 밝은 표정으로 고등어구이를 맛있게 먹고 있던 혁진에게

괜한 말을 했니 유미는 마음이 어찌할 바를 몰랐다. 자신도 형식적으로 밥을 몇 순가락 건성건성 뜨고는 이제 그만 일어나자고 혁진에게 이야기한다.

식당을 나와 둘이 한참을 늘 꼭 잡던 손도 잡지 않은 채, 그렇게 둘은 아무 말도 없이 걷기만 했다.

밤인데도 상가 쪽 불빛을 받은 벚꽃나무 꽃잎들은 그저 봄바람에 아무런 걱정도 없다는 몸짓으로 자신들의 꽃잎을 자랑이라도 하듯 한껏 분홍빛을 발하며 팔랑거렸다.

유미는 이런 어여쁜 벚꽃들조차 마음에 전혀 들어오지 않는다. 오히려 휘황한 벚꽃들을 바라보고 있노라니 큰 돌멩이 하나가 얹혀 있는 듯한 마음이 들어 갑작스레 콧등이 시큰해졌다.

혁진은 이런 유미의 마음을 아는지 모르는지 그저 떨어지는 벚꽃잎들을 밟으며 무심히 앞만 보며 걸음을 재촉했다.

그렇게 서로에 대한 마음이 어색하고 모래알처럼 껄끄러운 채로 둘은 자신들이 사는 원래의 공간인 고시원 좁은 방으로 서로 아무 말도 없이 조용히 각각 들어갔다.

춘복의 방

 예상했던 것처럼 지독히도 추위가 심했던 겨울이 다 지나가고 봄이 찾아와도 선영은 자신의 하나밖에 없는 아들인 영우를 찾으러 오지 않았다.

 불안한 걱정과 안 좋은 예감은 춘복의 칠십 여생을 살아가는 동안 대부분 적중했다. 불행은 또 그다음 불행을 가지고 뱀처럼 춘복의 몸으로 업고 타고 올라와 시간이 지날수록 점점 더 삶의 마지막 숨통마지 무참히 옥죄어 왔다. 견딤의 끝이 이제 여기일 거라고 다시 애써 일어서려 해도 그 모진 고난과 고통의 행렬이 춘복의 눈엔 도무지 끝이 보이지가 않았다.

생활비의 절반 이상을 소비해 버린 난방비 걱정에 이불 속에 핫팩을 넣어 두 겹, 세 겹, 둘둘 말아 좁은 방 강추위에 영우를 지켜 낸 일들이 주마등처럼 지나갔다.

끼니때마다 영우의 삼시 세끼를 어떻게라도 챙겨 왔고 감기에 걸려 고열로 몇 번 응급실에 갔던 일이며 아내가 죽고 선영을 혼자 키웠던 지난날보다 훨씬 더 힘겨웠고 유난히도 추웠던 겨울이었다.

나이 든 춘복이 손자 영우를 품고 이 좁은 방 맹추위의 터널을 뚫고 지나왔음이 춘복 자신도 신기하고 이 현실이 도저히 믿기지가 않았다.

영우를 데리고 지냈던 고통스러웠던 그 겨울을 다시는 겪고 싶지 않는데 추위를 먹고 한 살 더 먹은 영우와 찬바람에 패잔병이 되어 버린 춘복에게 봄은 개선장군처럼 어서 오라고 기다리고 있었다.

어느새 벚꽃이 다 지고 본격적인 봄날인 4월의 한낮이 되니, 도로 갓길에서 자신의 허름한 리어카에 종이 박스나 알루미늄 등 되는 대로 각종 폐지를 주워 담는 춘복의 이마에는 제법 굵은 땀방울이 송골송골 맺히기 시작했다.

징그러우리만큼 추웠던 지난겨울을 생각하니 이 정도의 가벼운 더위는 오히려 춘복에겐 감사할 지경이다.

오늘도 마미약국 입구엔 가지런히 펼쳐져 단정히 개어져 있는 종이 박스가 춘복을 기다리고 있다.

"영우 할아버지! 여기 제가 약국에서 나온 박스 모아 놓았어요. 어서 리어카에 실으세요."

40대 중반인 정 약사의 환하고 밝은 표정이 마치 한여름 햇복숭아처럼 청량해 보이면서도 풋풋해 보인다고 춘복은 생각한다.

정 약사의 진심이 담긴 선의의 표정은 17세 소녀처럼 그야말로 맑고 단아했다.

이 동네 약국의 정 약사와 인연을 맺은 건 올겨울 시도 때도 없이 감기를 달고 살았던 손자 영우 때문이었다.

그 추운 겨울, 영우를 데리고 소아과 처방전을 가지고 마미약국을 자주 드나들게 되면서 정 약사는 춘복의 얇고 남루한 옷차림새와 어찌어찌하다 춘복의 여의치 않은 사정을 듣고 난 후로는 자신의 남편이 한 번 입고는 입지 않은 두툼한 겨울 점퍼를 주기도 했고, 그때부터 약국에서 나오는 빈 종이 박스를 손수 정리해서 리어카를 끌고 약국을 지나치는 춘복에게 직접 건네주기도 했다.

춘복의 손자인 영우는 또래 아이들과 다르게 약사인 자신이 한눈에 보아도 감기를 오래 앓아 와서인지 병색이 완연했다.

기운이 없고 눈동자를 늘 땅바닥에만 떨구고 있는 엄마 없는 어린 영우의 모습이 짠하고도 늘 안쓰러워 집에서 자신이 만들어 온 소고기 장조림을 여러 번 준 적도 많았으며, 소아용 영양제를 돈을 받지 않고 춘복 손에 쥐여 주기도 했다.

오늘 아침도 춘복은 잠이 덜 깬 영우를 멀건 계란국을 끓여 밥을 말아 먹여 구립 어린이집에 보내고, 오랜만에 폐지 한 장이라도 더 모으려고 일찍부터 리어카를 끌고 고시원을 나서는 길이었다.

역시나 오늘도 마미약국을 지나치는데 정 약사는 변함없이 춘복을 상냥하게 부른다.

몇 번을, 몇십 번, 몇백 번을 세상을 등지고 이제 고단한 이 노구의 몸을 눕혀 이만 쉬고 싶다는 생각이 들지만, 아침에 버짐이 핀 얼굴을 하고서 활짝 애써 웃으며 할아버지께 인사를 하고 어린이집을 나선 일찍 철이 든 영우를 보면, 이렇게 손수 모아 놓은 종이 박스를 건네는 선량한 정 약사를 보면, 춘복은 차마 그럴 수가 없다. 아니, 그래서는 아니 되는 것이다.

오전 9시 이전에 고시원을 나서서 오후 3시가 다 되어서 자신의 키만큼 높이 쌓아 겨우 꽉 채워진 폐지를 춘복은 지나온 자신의 인생처럼 아슬아슬하게 고물상을 향해 끌고 간다.

오늘은 얼마가 자신의 손에 쥐어질까. 수년간 폐지 줍는 일을 해 왔던 춘복은 끌고 가는 리어카의 중량이 얼마인지 얼추 예상이 된다.

폐지 값이 많이 내려 이렇게 산더미처럼 높이 쌓인 폐지를 가져가도 하루 손에 쥘 수 있는 돈은 고작 7,300원 정도다. Kg당 겨우 60원인 저 금액을 받으려면 120Kg을 탑처럼 쌓아야 되는 아주 많은 양이다. 하루 반나절 이상 걸린 노동력과 무거운 양에 비해 받는 돈은 그야말로 헛웃음이 나올 정도로 허공에 날리는 깃털처럼 가볍다.

폐지를 고물상에 내려놓고 이마에 맺힌 땀을 때 묻은 손수건을 닦

춘복의 방

아 내며 이제야 춘복은 심한 허기를 느꼈다. 오늘은 아침도 거르고 나온 터라 허기는 어느 때보다 심하다.

돈을 받고 춘복은 고물상 근처 단골 편의점에 들러 가판대에서 컵라면 한 개를 가지고 힘들게 번 1,000원짜리 구겨진 지폐 한 장을 편의점 계산대 앞에 내민다.

편의점 간이 의자에 자리를 잡고 정수기 뜨거운 물을 넣고 기다리면서 남은 돈을 주머니 속에서 한없이 만지작거리며 춘복은 머릿속으로 헤아린다.

춘복의 하루 점심값을 제외한 평균 나머지 금액 6,500원 정도를 제일 가까운 농협에 들어가 현금 출입금기에 꼬박꼬박 하루도 빠지지 않고 넣어 둔다.

한 달 20여만 원도 채 안 되지만, 손자 영우를 위해 춘복은 한 푼이라도 악착같이 모으려고 하루하루 고군분투했다.

자기 자신은 언제라도 죽어 없어질 검버섯이 피어올라 오는 노인이지만, 우리 영우는 보고만 있어도 눈이 시려울 정도로 아픈 존재다. 겨우내 얼은 땅을 녹여 주는 밝은 햇살 같은 존재다.

자신이 살아 내는 동안, 혹여 딸인 영우 엄마가 다시 돌아올 때까지만이라도 춘복은 목숨을 부지하고서 우리 귀한 영우를 지켜 내야한다고, 아니 반드시 그럴 것이라고 컵라면을 허겁지겁 먹으면서 생각하고 거듭 생각한다.

절대 잊지 않도록.
마음에 깊은 각인을 새기듯이.

오후 4시가 돼서야 춘복은 드디어 지친 몸을 이끌고 고시원으로 돌아왔다. 해가 들지 않는 쪽창문을 품고 있는 북향 방은 기분 탓인지 몰라도 봄인데도 내내 냉기가 돈다는 생각이 들었다. 오히려 햇빛을 받은 바깥의 도로 아스팔트 위가 더 따뜻할 것 같다.

오후 5시가 되면 영우가 구립 어린이집 종일반에서 돌아오는 시간이라 춘복은 서둘러 작은 전기난로를 켜 방의 온도를 높였다.

밖에서 종일 먼지를 뒤집어쓴 작업복을 벗어 고시원 공용 세탁기속에 집어넣고 춘복은 때묻은 옷을 바로 세탁한다.

세탁기가 돌아갈 동안 고시원 공용 부엌으로 가서 그제 사다 놓은 콩나물을 냉장고에서 꺼냈다.

영우는 춘복이 참기름을 듬뿍 넣고 버무린 아삭한 콩나물을 제일 좋아했다. 다진 마늘도 넣지 않고 데친 콩나물에 소금, 간장, 참기름을 넣고 춘복의 거칠고 메마른 손으로 정성껏 버무렸다. 그리고는 작은 프라이팬에 계란 두 개를 깨뜨려 계란 프라이 두 장도 부쳤다.

고시원 부엌 시계를 보니 벌써 영우가 돌아올 시간이 되었다.

아침에 미리 넉넉히 해 놓은 밥이 든 전기밥솥을 켜고 영우가 오기 전에 춘복은 재가열 버튼을 누른다.

싸늘했던 좁은 방은 작은 전기 히터를 켜 놓았더니 금세 훈훈해졌다.

이 좁은 방의 유일한 장점이다.

냉기와 싸늘함이라고 하면 몸서리가 쳐지는 춘복으로서는 훈훈하게 데워진 방 안과 전기밥솥 안에 있는 따뜻한 쌀밥만으로도 그저 행복감을 느끼며 오히려 감사함마저 흘러넘쳐 나왔다.

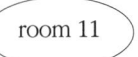

은재의 방

은재는 또다시 조심스럽게 노트북 자판을 두드려 본다.

저 여자,
뭔가 닮았다.

마을버스 하차장에서 무심히 고개를 자신도 모르게 흔드는 모습마저도, 자신이 상대방의 눈길을 얼마나 끌리게 하는 것도, 얼마나 가슴 한켠이 깊숙이 아릿한지도.

그녀 자신은 전혀 알지 못한다.
적어도 내가 아는 한.

그녀가 마을버스에서 내릴 때, 검은 비닐봉지 안에 꿈틀거리는 무언가에 순간 나의 몸이 움츠러들지 않는 건.

그 이유 또한 내 태생의 기질을 보자면 나는 신기함을 금치 못했다.

다만 그 이유에 대한 극한 혐오감이 들지 않는 것은 그녀에 대한 막연한 호감과 알 수 없는 강한 끌림.
그렇게 물결처럼 흔들리는 내 감정선을.

한동안 멍하니 그녀가 마을버스에서 내리는 것을 무심히 바라만 보고 있는 게 내가 할 수 있는 전부였다는 것이.
나는 그 순간 억울하고도 분이 나는 건 어쩔 수 없었다.

왜였을까.
처음 본 그녀에게 정신이 아득히 쏟아진 나는.

무엇으로도 설명할 수 없는, 형언할 수 없는 감정의 소용돌이 속에서 그녀가 내린 마을버스에서.

나는 마치 수억 년 우주 속을 떠도는 한낱 부유물처럼 느껴졌다.

글을 써 내려가다가 갑자기 은재는 노트북에서 손을 떼고서 책상 위에 팔을 괴고 얼굴을 묻는다.

그리고 생각한다.

'난 어디서부터가 잘못된 것일까?'

자기 인생은 마치 처음부터 잘못 끼워진 단춧구멍처럼 계속 어긋나 버려진 것 같다는 생각이 들었다.

도대체.
언제부터.

골똘히 생각해 보니 이미 은재는 은재 자신이 태어난 그 순간부터가 잘못됐다는 생각이 들었다.

은재는 단지 나이가 들어 돌아가신 자신의 아버지를 지금도 또렷이 기억하고 있다.

은재의 나이 겨우 열여섯 살에 은재의 아버지는 나이 든 노구의 몸을 이끌고 83세에 이승을 홀연히 떠나셨다. 책임져야 할 아내와 어린 딸을 두고 말이다.

그러니까 은재는 67세의 늙은 아버지와 53세의 나이 든 어머니 사이에서 마치 당신들의 손녀뻘과 같은 딸, 은재를 낳은 것이었다.

가난한 집안에서 자란 모친은 첫 번째 결혼에 젊은 남편이 이유 없이 어느 날 요절을 하고 그 집안에서 서방 잡아먹은 팔자 사나운 년이라는 어처구니없는 막말을 듣고 그 집을 나와 한 동네 나이 많은 홀아비로 혼자 사는 은재의 아버지에게 그렇게 다시 시집을 왔다.

나이 든 홀아비한테 다시 시집온 은재 모친은 임신을 감히 생각도 하지 않고 살다가 시집온 지 장장 22년 만에 기적과도 같이 덜컥 은재를 갖게 되었던 것이다.

그렇게 늦둥이로 태어난 은재는 초등학교에 입학하면서부터 자신의 부모 나이가 또래 친구들 부모보다 두 배는 더 많다는 걸 알고 그러한 사실을 누가 알세라 심히도 부끄러워했다.

어린 은재는 그래서 단 한 번도 친구를 집에 들여 본 적이 없었다. 그 어느 누구도.

본격적으로 사춘기에 들어서면서부터 늙은 아비와 어미를 가진 모멸감으로 꽉 차, 키워 준 감사함도 잊은 채 학교가 파하면 아버지, 어머니를 늘 본체만체했다.

그리고 자신의 방으로 들어와 앉은뱅이책상 앞에 앉아 학교 도서관에서 빌려온 한국고전문학전집, 세계문학전집을 펼쳐 놓고 거의 글을 달달 외우다시피 하며 책을 도피처 삼아 그렇게 우울한 성장기를 보내면서 자랐다.

정말 은재 자신에게 '책'이 없었더라면 죽은 목숨처럼 아무런 낙이 없이 살아갔을 거라는 생각이 지금도 들곤 한다.

은재에게 '책'은 구원의 통로이자 에덴동산과 같은 지상 낙원이었던 것이다.

room 12

순자의 방

쿠팡 물류 작업이 끝난 후 진흙탕 속에 담겨 있다가 질퍽한 느낌으로 빠져나온 물먹은 솜처럼 젖어 들어온 순자는 자신의 좁은 방으로 그렇게 돌아왔다.

순자의 무거운 체중으로 인해 더더욱 가라앉은 이부자리에 순자는 씻지도 않은 채 그대로 좁은 고시원 침대에 자신의 몸을 짐덩이처럼 '툭' 하고 내던졌다.

민석아.

대답도 없는 민석이를 순자는 오래된 습관처럼 그렇게 되뇌어 본다.

그리고 민석이라는 자신의 아들을 부유하는 공기 속에서 순자는 크게 소리쳐 불러 본다.

두 달에 한 번 만날 수 있는 순자의 하나밖에 없는 아들 민석.

민석이가 전라북도 익산 중증 장애인 복지시설인 [누리원]에 입소한 지 벌써 16년. 민석이 나이가 올해로 벌써 서른다섯이 되었다.

순자는 전라남도 화순에서 농사를 짓는 아버지와 어머니 사이에서 7남매 중 넷째로 태어났다.

형제 많은 가난한 집에서 태어나면 늘 그렇듯 한 입이라도 더 줄이고자 나이가 차면 따지고 살펴볼 것도 없이 그 동네 비슷한 또래 총각이 있으면 얼른 시집을 보내 버린다.

순자의 부모도 중학교만 겨우 졸업한 열아홉 살의 어린 순자를 그 동네 형편 비슷한 총각에게 시집을 보내 버렸다.

시아버지, 시어머니는 물론 시동생까지 넷이나 있는 집에 시집간 순자는 그야말로 아내나 며느리가 아닌 마치 그 집안 식모처럼 잠자는 시간 외에 농사일, 집안일뿐 아니라 온갖 허드렛일까지 다 맡아 하며 무식하게 일만 하고 살았다.

순자는 결혼한 지 4년 동안이나 아이가 생기지 않아 시부모의 온갖 눈총을 받고 살다가 어느 날 임신을 하게 되었다.

시부모는 그토록 기다리던 손주였지만 순자를 여느 때와 똑같이 많은 일을 시켜 댔다. 오죽하면 민석이를 낳기 사흘 전까지도 만삭의 순자를 밭일에 나가게 했을까.

시부모가 바라던 아들인 민석이가 태어나고 시부모의 웃는 모습이 저러하였구나 하고 순자는 그러한 시부모의 모습이 너무나도 생경했다.

'자신들의 핏줄은 저리도 소중하구나.'

순자는 민석이를 낳고 산후조리도 제대로 하지도 못한 채 또다시 온갖 집안일을 다 해야 했다.

그 아버지에 그 아들이라고 했던가.

순자의 남편은 무뚝뚝하고 순자 주위만을 겉돌며 곁을 주지도 않고 참으로 무심했다. 자신의 아들에게도 데면데면했고 아무 일도 하는 것 없이 하릴없이 그렇게 시간을 보내기 일쑤였다.

집안일은 끝도 없었고, 민석이는 시어머니가 싸고돌고 있어 자신의 아들을 낮에는 안아 보지도 못하고 잘 때만 겨우 순자 방에서 데리고 잤다.

그러던 어느 날 대청마루에서 시모가 부엌에서 가마솥에 밥을 짓고 있는 순자를 다급히 불렀다.

"애가 좀 이상한 거 같다이. 내가 애를 다섯이나 키워 봤는데 이런 모습을 본 적이 읎어야. 조금 있으면 돌이 돼 가는디 앉도 모더고 걷기는커녕 목도 아적 못 가누고 침을 저렇게 줄줄 흘리고만 있으니. 눈도 못 맞추고 웃지도 않고. 뭐시가 참말로 이상하다이."

시모에게서 그 말을 들은 순자는 가슴이 '쿵' 하고 내려앉았다.

순자는 하루 종일 끝도 없는 집안일에 민석이를 낮에는 잘 눈여겨

볼 틈이 없었고 밤에만 민석이를 데리고 잤으니 민석의 신체 이상징후를 느끼지 못했다.

갑자기 순자는 그동안 민석이에게 신경을 못 썼다는 죄책감과 더불어 팔에 소름이 돋을 정도로 안 좋은 예감이 들어 밭에 나가 있는 남편을 불러 전남대학병원으로 당장 민석이를 안고 데리고 갔다.

대학병원 소아신경과에서 각종 발달 검사를 받고 얻어 낸 병명은 의사소통은 전혀 불가능하고 사지마비와 근육 조절을 할 수 없는 소아뇌병변장애인 무정위형 뇌성마비였다. 병원에서 그 말을 들은 순자는 눈앞이 캄캄해지고 아득해져 순간 정신을 놓고 병원 바닥에 털썩 주저앉았다.

그때 무심한 남편은 순자를 일으켜 주기는커녕 말없이 진료실 문을 쾅 열고 나가 버렸다.

순자는 그렇게 늘 남의 집 같은 시댁에서 갖은 욕설과 천대를 받으며 발달장애아로 태어난 민석을 데리고 10년을 버티다가 무작정 시댁을 나와서 아무 연고도 없는 서울로 올라와 버렸다.

서울에 오면……

서울로 오면……

더 좋은 큰 병원에서 우리 민석이를 고칠 수 있을 거란 확신이 든 순자는 그래서 서울을 택했다.

수중에 단돈 50여만 원이 전부인 순자가 할 수 있는 건 값이 저렴한 고시원을 선택하는 것뿐이었다.

그 지역 장애인복지관에 민석이를 병원에서 발급받은 중증 1급 뇌성마비 진단서를 제출하니 저소득층인 순자에게 장애아 종일 돌봄센터에 등록되는 행운이 찾아왔다. 그래서 순자는 민석이를 복지관에 맡기고 고시원에서 가까운 동네의 재봉 가게에 들어가 미싱 일을 배우며 민석이 병원비 마련을 위해 이를 악물고 본격적으로 돈을 벌어 나가기 시작했다.

$\boxed{\text{room 13}}$

혁진의 방

꿈결처럼 벚꽃이 가로등 불빛 아래 찬란하리만큼 반짝거릴 때,

하필 유미의 기분을 상하게 만들고 헤어져 돌아온 것 때문에 목구멍에 돌멩이 하나가 들어가 있는 듯 내내 혁진은 기분이 안 좋다. 그렇게까지 얼굴을 붉혀 가며 유미에게 화낼 일이었나.

자괴감에 빠진 혁진은 자신의 주먹을 책상에 쿵 하고 세게 내리쳤다. 이런 열등감을 가지고 내가 감히 유미를 사랑할 자격이 있는 걸까.

수정처럼 맑고 깨끗한 유미를 자신이 지켜 주고 싶은 마음은 있지만, 아직은 유미와 가정을 꾸리고 아이를 낳고 평범하게 사는 것을 상상해 본 적이 없다. 아직은 말이다.

혁진은 이러한 잡념을 없애기 위해 부러 자신의 좁은 방바닥에서 윗몸일으키기를 빠른 속도로 하기 시작했다.

쉰 번째부터는 땀이 비 오듯 쏟아진다. 이렇게 땀을 빼고 샤워를 하게 되면 정제된 몸과 마음으로 차분히 돌아오리라 기대하며 계속 혁진은 운동을 이어 나갔다.

40여 분쯤 지났을까, 폭풍 운동을 마친 혁진은 땀으로 젖은 몸을 하고서 곧장 고시원 공동 샤워실로 갔다. 적당히 서늘한 온도의 물로 샤워를 하니 머릿속까지 한결 개운함을 느꼈다. 그렇게 몸과 마음이 긍정적으로 전환이 되니 갑자기 혼자 보낸 유미가 걱정이 되었다. 옷을 새로 갈아입고 혁진은 유미가 있는 301호 고시원 방으로 찾아갔다.

'똑똑.'

유미의 방문을 혁진은 딱 두 번 두드렸다.

유미는 아무 대답이 없다.
어디를 간 것인가.

혁진은 다시 한 번 크게 두 번 문을 두드렸지만 아무 기척이 없자 뒤돌아서 가려는데 그제야 빼꼼히 문을 열고 유미가 서 있었다.

눈은 새빨갛고, 눈두덩은 퉁퉁 부은 채로.

그런 유미를 보고 죄책감이 밀려와 혁진은 유미를 와락 껴안았다.

"미안해. 정말. 그치만 조금만 기다려 줘. 지금은 아니라는 걸 유미가 더 잘 알잖아."

유미의 곱디고운 단발 머릿결을 혁진은 하염없이 쓰다듬어 주었다.

유미는 알아들었다는 듯이 말없이 고개를 끄덕거리다 혁진의 손목을 잡고 자신의 좁은 방으로 데리고 들어와 혁진에게 깊고 깊은 마음을 담아 입맞춤한다.

다시 눈물을 흘리면서 자신에게 뜨겁게 입맞춤을 해 주는 유미를 혁진도 부서질 듯 있는 힘을 다해 꽈악 껴안아 주었다.

혁진은 입 밖으로 소리 내지 않고 속으로만 생각한다.

'이 작고도 여린 이 여자를 내가 꼭 어떻게든 지켜 주겠노라고.'

벚꽃이 그렇게 눈처럼 흩날리는 밤에.

혁진은 유미의 좁은 방에서 환한 아침을 맞이하였다.

room 14

유미의 방

깊은 푸른빛이 도는 그의 검은 눈동자를 바라보고 있을 때.

갑자기 조개처럼 입을 꾹 다물어 버릴 때도.

샤워하고 하고 나온 뒤에 혁진에게서 풍겨 나는 청량한 비누 냄새도.

아직 물이 덜 마른 그의 촉촉한 갈색 머리카락도.

유미에게 헬멧을 씌워 주며 뒷자리에 앉혀 오토바이를 힘차게 몰며 탁 트인 도로를 질주할 때도.

유미의 정신은 낭떠러지 떨어지듯 늘 아득해지곤 했다.

보고만 있어도 가슴이 저린, 그러한 혁진을 잃는다는 건 유미에겐 결코 있어서는 안 될 일이었다.

이제 유미는 굳게 다짐한다. 다시는 혁진에게 부담을 주거나 다그치지 않기로.

그저 이렇게 눈앞에 혁진의 모습을 생생히 볼 수 있다는 것으로 감사하자고 지금 자신의 바로 옆에서 살을 맞대고 깊은 잠 속에 빠져든 혁진을 바라보며 유미는 다짐하고 또 다짐했다.

다음 날 유미는 혁진보다 더 이른 새벽부터 일어나 고시원 공용 부엌으로 가서 계란말이와 소시지 볶음을 만들어 먼저 혁진의 도시락을 싸 놓고 남은 계란으로 해서 구운 식빵에 올려 간단한 아침 식사를 차려 냈다.

도시락과 구운 빵을 가지고 자신의 방인 301호로 살며시 들어간 유미는 아직도 곤히 잠들어 있는 혁진을 넋을 놓고 바라보다 문득 눈물이 흘렀다.

유미의 방

'사람이 사람을 사랑한다는 건 이렇게 가슴이 저미도록 아릿해지는 걸까?'

유미에겐 이것이 서른이 넘어서야 처음 해 보는 사랑인 것이었다.

동이 트고 날이 환하게 밝자 혁진은 그제야 잠에서 깨어났다.

"어제 많이 피곤했었나 봐. 곤히 잘 자던데? 간단히 아침에 빵 준비했어. 씻고 먹어."

이렇게 말하는 유미를 보고 혁진은 유미의 허리를 낚아채 침대에 눕힌다.

"잠시만 이러고 있자. 잠시만."

혁진은 유미를 꼬옥 안은 채 유미에게 이야기한다.

유미는 그런 혁진에 품에 안겨 숨죽여 누워 있는데 또 갑자기 눈물이 흐르는 유미는 그런 자신이 더 당황스럽다.

'뭐가 불안한 걸까. 뭐가 이리도 좋으면서도 슬픈 감정이 일어나는

것일까. 이렇게 혁진이 바로 내 옆에 있는데. 이렇게 다정하게 나를 감싸 주고 있는데.'

room 15

춘복의 방

영우가 구립 어린이집에서 돌아왔다. 어린 영우가 돌아오니 갑자기 이 좁은 방이 환해진다.

눈에 넣어도 아프지 않다는 말이 뼈저리게 실감 나게 해 주는 나의 손자, 우리 영우.

몸은 비록 고되고 힘들지만 햇살 같은 이리도 예쁜 영우를 보면 늙은 춘복은 그나마 살아갈 힘을 얻는다.

"할아버지, 영우 벌써 배고파요."

오자마자 영우는 배가 고프다고 춘복에게 이야기한다.

"그래, 영우야. 할애비가 우리 영우 좋아하는 콩나물 무쳐 놨으니까 어서 씻고 밥 먹자."

춘복은 영우에게 말한다.

영우는 이제 일곱 살이 되더니 제법 소년티가 나고 훨씬 의젓해졌다.

스스로 옷을 벗어 단정히 개어 놓더니 고시원 공용 세면실로 혼자 가서 스스로 깨끗이 씻고 돌아왔다.

작고 동그란 앉은뱅이 밥 상위에 콩나물무침과 계란 프라이, 405호에 사는 순자 아주머니가 준 열무김치를 내어 놓는다.

영우는 찬도 없는 밥상인데 밥풀 하나 흘리지 않고 밥을 한 공기를 야무지게 비워 냈다.

'저리 잘 먹는데 왜 저렇게 깡 말랐누.'

기초수급 급여가 들어오는 내일은 돼지고기라도 한 근 사 와서 간장에 볶아 줘야겠다고 밥을 먹는 영우를 보며 춘복은 생각한다.

춘복이 공용 부엌에서 설거지를 하고 돌아오니 밥을 다 먹은 영우가 좁은 방 작은 침대 위에서 벌써 잠들어 있었다.

춘복은 이불을 잘 여며서 덮어 주며 물끄러미 한동안 자는 영우를 바라다보았다.

'선영아, 도대체 너는 어디 있는 게냐? 이리 예쁜 영우가 보고 싶지도 않은 것이냐?'

춘복은 습관처럼 자신의 딸 선영을 떠올린다.

어쩌면 춘복 자신이 더 선영이를 보고 싶어 하고 그리워하고 있는지도 모른다.

잠든 영우 때문에 불을 꺼 놓고 책상 위에 있는 손바닥만 한 티브이에서 나오는 뉴스를 멍하니 보고 있는데 영우가 그사이 잠이 깼다.

"할아버지, 엄마는 이제 안 오는 거지요?"

그 말을 들은 춘복은 가슴이 철렁하고 내려앉는다.

영우가 우리 영우가 벌써 이리 커 버렸구나. 속으로는 지도 지 애미가 많이도 그리웠던 게구나. 그런 영우가 안쓰러워 춘복은 갑자기 목이 멘다.

"우리 영우가 어린이집 잘 다니고 밥 잘 먹고 있으면 엄마가 돈 많이 벌어서 우리 영우 꼭 데리러 오실 거야. 걱정하지 말어."

춘복은 영우에게 거짓말을 하고 있다.

"진짜요? 정말이죠? 우리 엄마 진짜 다시 오는 거죠?"

영우는 단박에 낯빛이 달빛처럼 환해졌다.

영우를 다시 재우고 춘복도 내일 할 일을 위해 잠자리에 든다.

몸은 여기저기 성한 곳 없이 쑤시고 아픈데 정신은 또렷하니 춘복은 잠이 도통 오지 않는다.

춘복은 또다시 자신의 하나밖에 없는 딸인 집 나간 선영이를 생각하다 오랜 시간 뒤에야 그렇게 잠 속으로 빠져들었다.

은재의 방

정확히 오전 10시쯤 아직도 이불 속에서 나오지 않고 꾸물대고 있던 은재에게 자신의 핸드폰으로 발신자가 누구인지 모르는 벨이 울려 왔다.

별다른 생각 없이 은재는 잠이 묻어나는 목소리를 하고, 무심히 전화를 받았다.

"여보세요."

"아, 박은재 씨 휴대폰 맞으실까요? 박은재 씨가 저희 단편 시나리오 공모전에 작품을 제출해 주셨죠?"

낯선 어느 남성의 목소리를 듣고 속으로 놀랐지만 은재는 침착한 목소리로 대답한다.

"예, 제가 박은재입니다. 그런데 무슨 용건이시죠?"

남자치고는 보이스 톤이 좀 높은 남성이 바로 대답한다.

"예, 박은재 씨가 저희 대한민국 [프레임]에서 주최한 공모전에 지원하신 단편 시나리오 〈그 여자〉라는 작품이 독창성과 참신성뿐만 아니라 무엇보다 영화화 가능성에 제일 가까운 작품이라 대상을 수상하셨습니다. 더불어 그에 따른 상금도 받게 되셨습니다. 앞으로도 좋은 작품 많이 기대하겠습니다."

은재는 느닷없는 전화에 '내가 아직 꿈속에 머물고 있는 것인가?' 하고 전화를 끊고 생각한다.

정신이 순간 멍해졌다.

20대 때부터 오직 한 가지 꿈만을 좇아 영화 시나리오라는 장르에 발을 담근 지 장장 9년 만에 드디어 자신의 작품을 상업적으로 인정받게 된 것이다.

연로한 노모에게 그 오랜 세월 생활비를 야금야금 받아 내며 늘 비에 젖은 옷을 껴입고 사는 것처럼 내내 불편하고 고단했던 시간들.
세상은 오직 나에게만 유독 관대하지 않다고 스스로 낙망했던 숱한 나날들.
그리고 이제 팔순이 훌쩍 넘은, 남들에게는 조모와 같을 나이인 늙은 어머니.

나의 어머니……

은재는 공모전 상금이 입금되는 요번 주말에 어머니 손에 꼭 쥐여 드릴 공모전 상금을 흰 봉투에 넣어 자신이 사는 봉천동에서 가까운 은천동에 혼자 살고 계시는 어머니께 참으로 오랜만에 다녀오리라 생각한다.

다시 또 변함없이 새날이 찾아왔다. 어제 시나리오 공모전을 주최

했던 [프레임] 기획사로부터 당선작 확정 전화를 받고 은재는 어느 때보다 가벼운 마음으로 아침을 맞이했다.

눈을 뜨자마자 은재는 고시원 세면실로 곧장 가서 양치를 하고 들어와 전기포트에 물을 끓여 인스턴트 가루 커피를 자신의 큰 머그잔에 한 스푼 타 내어 오래된 자신의 책상 앞에 앉았다.

한바탕 큰비가 오더니 벚꽃은 어느새 거센 빗줄기에 다 떨어져 빗물에 씻겨 내려가 사라지면서 4월이 지나가고 5월이 올 무렵 한낮의 온도는 높아져 고시원도 제법 더워졌다.

은재는 고시원에 꽤 먼 거리에 있는 편의점에 운동 삼아 걸어가 플라스틱 통얼음을 사 가지고 와 머그잔에 담겨 있는 커피를 얼음 플라스틱 잔에 쏟아붓는다.

엊그제만 해도 한낮은 빼고 아침, 저녁은 발이 시려 울 정도로 이 고시원 좁은 방은 밖이랑은 천양지차로 추웠다.

그런데 오늘 한낮은 어느새 후덥지근해져 벌써 아이스 커피가 당기는 날씨가 되어 버린 것이다.

봄과 가을이라는 계절은 없는 듯한 동북향인 이 고시원 좁은 방에서 은재는 드디어 9년 만에, 노모에게도 그토록 기다리던 소원인 작은 꿈을 마침내 이루어 내었다.

$\bigg(\ \text{room 17}\ \bigg)$

순자의 방

오늘은 쿠팡 물류센터 일을 모처럼 쉬는 날이다.

그리고 오늘은 두 달에 한 번 가는 전북 익산에 위치하고 있는 [누리원]으로, 순자의 소중하고 귀한 혈육인 그토록 기다리고 기다리던 그리운 아들 민석이를 만나러 가는 날이기도 하다.

새벽부터 눈을 뜬 순자는 고시원 공용 부엌에서 민석이가 잘 먹는 고구마 맛탕을 만들고 김밥을 쌌다. 스테인리스 통에 김밥과 맛탕을 곱게 싸서 정성스레 담아내었다.

5월로 접어들면서 날이 제법 더워져 순자는 상의 바람막이 점퍼 안으로는 엑스라지 사이즈인 반소매 티셔츠를 입었다.

민석이를 먹일 도시락을 들고 고시원을 나선 순자는 봉천동에서 5413번 버스를 타고 고속버스 터미널로 향했다.

일반버스에 내려 고속버스 터미널에 도착한 순자는 평일이라 한산한 터미널 대합실을 보고 안심을 하며 전북 익산 가는 고속버스 티켓을 끊었다.

2시간 반이 지나서야 익산 터미널에 정오가 되기 전에 도착한 순자는 익산 터미널 내에 있는 약국으로 가서 [누리원] 복지사들에게 줄 홍삼 드링크를 한 박스 사는 것도 잊지 않는다.

그리고 다시 터미널에서 20여 분쯤 걸리는 [누리원]으로 가는 일반버스를 기다렸다.

[누리원]으로 가는 버스를 기다리면서 순자는 또다시 습관처럼 회한에 젖는다.

'다른 여느 자식들처럼 정상으로 태어났다면 지금쯤 어엿한 가장이 되었을 나이인데.'

의사소통도 전혀 못 할뿐더러 엄마인 순자도 알아보지 못하고 지난 기나긴 세월 동안 민석이가 성장한 거라고는 엉거주춤 아슬아슬하게 겨우 혼자 걷고 숟가락으로 지 밥을 떠서 먹는 일뿐이다.

배변도 못 가려 배변 패드를 착용하기 때문에 다달이 들어가는 배변 패드 비용도 순자에겐 만만치가 않다.

그래도 민석이가 이렇게라도 살아만 준다면.
민석인 순자가 살아야 하는 단 하나의 이유이다.

버스가 [누리원]에 가까워지자 두 달 만에 민석이가 또 어떻게 변해 있을까, 순자의 두근거리는 마음은 올 때마다 늘 변함없이 똑같다.

전북 익산에 자리 잡고 있는 [누리원]은 전체가 숲으로 둘러싸여 사시사철 제철 꽃나무들을 볼 수 있는 풍경이 아주 수려한 곳이다.

순자에겐 5월이 되니 각종 꽃나무들로 화사해진 이 풍경이 지금 민석이의 처지와 한층 더 대비를 이뤄, 왠지 모르게 이 계절이 야속하고도 서럽다.

또 주책없이 흐르려는 눈물을 다잡고 [누리원] 정문으로 민석이의 도시락과 복지사들 드링크를 들고 향했다.

[누리원] 정문을 열고 들어서니 안내데스크에서 귀엽고 앳되어 보이는 여직원이 방문 예약을 했는지 순자에게 묻는다. 순자는 방문 예약 번호를 그 안내데스크 여직원에게 얼른 말한다.

"지금 마침 점심시간이니 아드님을 보시려면 복지관 공용 식당으로 곧장 가시면 되실 거예요."

친절히 안내해 줘서 고맙다고 말을 남긴 뒤 순자는 발걸음을 재촉해 식당을 향해 걸어갔다.

복지관 지하 1층에 위치한 공용 식당으로 내려가 보니 한눈에도 환한 달덩이 같은 민석이가 순자의 눈 안으로 가득 들어왔다.

식당 중앙 좌측 의자에 앉아 턱받이를 하고서 얼굴엔 온통 반찬 국물을 묻힌 채 열심히도 밥을 먹고 있었다.

순자는 그 모습을 보고 왈칵 눈물이 비 오듯 쏟아진다. 매번 올 때마다 보는 모습인데 변함없이 흘러나오는 눈물.

우리 민석이.
내 아들 민석이.

'전생에 내가 얼마나 많은 죄를 지었간디 저 이쁜 아그가 이 무거운 벌을 대신 받고 살끄나이.'

순자는 자책감에 숨이 턱 막힐 정도로 목이 메어 온다.

room 18

혁진의 방

어려서부터 노동자 부모를 둔 혁진의 아버지는 서울 외곽 자동차 부품을 만드는 소규모 공장에서 일을 하셨고, 어머니는 아버지의 공장 바로 옆인 함바식당에서 하루 일당을 받으며 남의 집 식당 일을 도우셨다.

혁진은 태어나면서 건강했지만, 혁진과 두 살 터울 위인 혁진의 형은 혁진 어머니의 임신 중 당뇨로 인해 태어나면서부터 중증 심장 질

환을 안고 태어났다.

 혁진의 형은 일상생활 중에도 늘 가쁜 호흡을 쉬었고, 심할 땐 입술과 혀뿐만 아니라 전신에도 청색증이 나타났다.

 성장 상태도 부진했으며 흉통에도 자주 시달려 학교를 오고 가는 길에도 실신을 해 혁진의 부모는 형을 업고서 병원을 수시로 오고 가는 것이 일상이었다.

 형의 심장병으로 인해 아버지와 어머니가 맞벌이로 버는 돈 족족 거의 다가 형의 병원비로 쓰였으며 그로 인해 집안 형편은 늘 좋지 않았다.

 그리고 혁진의 존재는 늘 부모님의 관심 밖이었다.

 어릴 땐 늘 아팠던 형이 안쓰럽기는커녕 혁진은 항상 형이 못마땅했고 형만 싸고도는 부모님이 원망스러워 주로 집 밖으로만 겉돌았다.

 혁진의 형이 심장병 앓이를 하는 동안 집에서는 혼자 늘 외톨이로 지내다가 밖에서는 반항이라도 하듯이 그렇고 그런 친구들과 어울려 놀며 못된 짓을 일삼기도 했다.

 중학교 2학년 때, 하루는 동네 친구들과 공터에서 공차기를 하며 시간을 보내다가 돈 한 푼 없이 허기가 졌던 혁진은 친구 중 하나인 영훈의 계획으로 자동차 부품 공장 근처에 있는 김이 모락모락 나는 찐빵집에 들어갔다.

 그리고는 왕찐빵 열두 개를 네 명이서 시켜 먹고 돈도 내지 않고 식당 문을 박차고 도망 나오기도 했고, 어떤 날은 공장 근처 거리에 깔려 있는, 공장 직원이 피우고 남은 담배꽁초를 주워 모아 후미진 빈 공터로 몰려가서 동네 친구들과 자주 나눠 피우기도 했다.

 그렇게 부모님의 관심을 끌고자 일부러 담배 냄새를 풍기며 집에 들어가도 혁진의 어머니는 그런 혁진에게 별 관심조차 없었으며, 형 방에 들어앉아서 형을 보살피는 일에만 열중했다.

 형이 늘 아파서 그랬을까. 형이 병 앓이를 하는 것을 보며 자란 혁진은 자기 자신은 절대 형처럼 아프지 않고 평생 건강하게 살리라 다짐하고 어려서부터 있는 힘을 다해 운동을 열심히 했다.

 하교 후 텅 빈 운동장에 혼자 남아 철봉운동을 하거나, 운동장을 숨이 목까지 찰 때까지 뛰거나 공차기를 하며 나름대로 체력 단련을 해 나갔다.

그런데 혁진이 아무리 운동장에서 전력 질주를 하며 달려도 혁진의 입술은 형처럼 전혀 파래지지가 않았다.

혹여 자신도 자신의 입술과 혀가 형처럼 파래지기를 바라며 그렇게 죽을힘을 다해 뛰었던 것일까…….

지금 생각해 보니 그렇게라도 부모님의 관심을 받고자 했던 혁진 자신이 참으로 어리석었다는 생각이 든다.

혁진은 형이 사는 동안 실컷 미워하고 원망만 했었다. 그런 형은 혁진에게 보란 듯이 한창 푸르고 푸를 열일곱 살의 나이로 세상을 떠났다.

자신이 다니던 고등학교 하굣길에, 길거리 한복판에서 그간의 어머니의 병수발과 노고를 무참히 짓밟고서 그렇게 가 버렸다.

집안의 장남이었던 형이 그렇게 무심히 떠나고 말수 없는 아버지는 더더욱 말이 없어지셨고, 어머니는 꼬박 1년여를 넘게 정신이 반쯤 나간 듯이 죽지 못해 사는 반시체 마냥 아직도 중학생으로 남아 있는 둘째 아들을 방치한 채로 사셨다.

학교가 파하고 집으로 가면 집은 늘 음산했으며 아직도 집 안엔 죽은 형의 냄새가 나는 듯도 했다.

죽은 형의 영혼과 기운이 익숙한 공기처럼 부유하듯 집 안에 가득 들어차 앉아 있었고 친구들과 정신없이 밖에서 공차기를 하느라 형의 임종을 못 본 혁진은 그렇게라도 집 안에서 죽은 형의 영혼과 마침내 조우했을는지도 모른다.

room 19

유미의 방

7월이 오면 공무원 시험을 치러야 하기에 5월을 맞이한 유미는 아침 일찍 일어나 혁진의 도시락을 부지런히 싸서 출근을 먼저 시킨 뒤, 자신도 도시락으로 싸다 남은 주먹밥을 서둘러 먹고 재빨리 책상 앞에 앉았다.

책들이 쌓인 책상에 앉아 있노라니, 열어 놓은 고시원 쪽창문으로 들어오는 봄바람에 유미는 마음이 설렌다.

다시 정신을 차리고 유미는 오늘 하루도 성실히 해야 할 공부에 매진하려 한다.

혁진을 만나기 전보다 목표가 뚜렷이 생긴 유미는 오히려 공부에 집중을 더 할 수 있게 되었다.

그와의 미래를 반드시 함께하기 위해서라도 유미는 요번 공무원 시험엔 반드시 합격하리라 다짐한다.

흔한 말이 되었지만, 간절히, 아주 간절히 원하면 이루어진다는 그 말 하나만을 굳게 믿고서 말이다.

여주에서 쌀농사를 짓고 사시는 부모님 밑에서 세 자매 중 막내딸로 태어난 유미는 집안 형편이 썩 좋진 못했어도 늘 웃음꽃이 끊이지 않는 나름 행복한 유년 시절을 보냈다.

집안에서 청일점인 아버지는 그 시대 아버지들처럼 권위적이지도 않았고 늘 쌀농사에 전념을 다하는 착하고 성실한 가장이었다.

유미의 어머니 또한 세 딸들에게 더할 나위 없는 인자하고 따뜻한 성품을 지녔었고, 세 자매 또한 이러한 부모님 밑에서 보고 배운 대로 자라 서로 우애 깊게 컸다.

 그러한 집안에서 자란 유미가 성격이 비관적이고 어둡다면 오히려 그게 더 이상한 일일 것이다.

 가족들 모두가 매사에 낙천적이었으며, 설사 집안에 안 좋은 일이 생긴다 해도 가족 모두가 똘똘 뭉쳐 곧바로 문제를 해결했다.

 유미의 큰언니와 작은언니는 여주대학교를 나와서 둘 다 짧은 기간 직장 생활을 하다가 큰언니 유정은 그 동네 사는 자신의 초등학교 동창에게 시집을 갔으며, 둘째 언니 유경은 대학교 졸업 뒤 여주 단위농협에서 만난 남자 직원과 사내 결혼을 하였다.

 쌀농사에 진심이었던 아버지는 여주에서 다른 집보다 농사를 제법 잘 지어내 농부의 딸들로 태어난 세 딸을 모두 무사히 대학 진학을 할 수 있게 해 주었다.

 오후 늦게까지 시간 가는 줄도 모르고 공부에 푸욱 빠져 있는데, 유미의 방문 밖에서 "누나, 누나!" 하는 소리가 크진 않아도 유미의 귓가에 들려온다.

영우다.

윗방 401호 사는 춘복 할아버지의 손자인 똘망똘망하고 이쁜 영우다.

문을 열어 주기 전에 유미는 생각한다. 문을 열면 고개를 쭈뼛쭈뼛하며 서 있을 게 분명한 영우다. 문도 열어 주기 전에 유미의 입가엔 미소가 저절로 넘쳐난다.

문을 열어 보니 역시나 고개를 푸욱 숙인 채 왼쪽 옆구리에는 스케치북을, 오른쪽 손에는 크레파스를 들고 유미의 방문 앞에 귀엽디귀여운 영우가 서 있다.

"누나, 영우 누나 방에서 그림 그려도 돼요? 누나 공부 방해 안 되게 조용히 그릴게요."

그러더니 또다시 영우는 말을 이어 간다.

"혁진이 삼촌 오면 영우 바로 갈게요."

그렇게 말하는 앵두 같은 영우의 입술하며 약간은 팔자 모양인 영우의 눈썹, 오뚝코, 커다란 눈망울. 어느 것 하나 안 이쁜 곳이 없다.

그런 영우를 보며 유미는 순간 상상에 빠졌다.

나와 혁진이 아이를 낳는다면 어떤 생김새일까.
저렇게 영우처럼 과연 이쁠까.

유미의 이런 상상을 아는지 모르는지 영우는 유미의 표정을 보며 고개를 갸우뚱하며 유미를 쳐다보았다.

room 20

춘복의 방

날이 밝았다.

늦은 밤이 되어서야 잠이 든 춘복은 피곤함이 영 가시지 않는다. 그래도 춘복은 어린이집 보낼 영우의 밥을 먹이고자 고시원 공용 부엌으로 가서 쌀을 씻는다.

춘복은 쌀을 씻다가 무심코 자신의 손등을 보니 백세 노인의 손등처럼 거칠고도 참으로 허름해 보였다. 어느새 이렇게 검버섯이 자랐는가.

손등의 검버섯의 형태는 현재 춘복의 마음과도 닮은 듯하다. 얼룩덜룩한 검버섯의 모양은 실제 그 모습보다 훨씬 과장되어 춘복의 마음을 가르고 파고든다.

선영이 영영 오지 않는다면, 자신이 죽고 나면 영우는 도대체 어떻게 되는 것인지. 이토록 천사같이 말갛디말간 우리 영우는. 이 험한 세상에 영우만 홀로 남겨질지 모른다는 실체도 알 수 없는 막연한 공포감이 쌀을 씻는 춘복의 마음을 짓이겼다.

씻은 쌀을 전기밥솥에 넣어 가열 버튼을 누르고 춘복은 오늘도 변함없이 계란국을 끓인다. 반찬도 없는 쟁반에 밥과 계란국을 담아 춘복의 좁은 방으로 들어갔다.

언제 일어났는지 일곱 살밖에 안 된 어린 영우가 이불들을 개어 좁은 방을 단정하게 정돈해 놓았다.

매일 끓여 주는 계란국이 물렸을 법도 한데 착한 영우는 익숙한 듯이 계란국에 밥을 말아 야무지게 다 비운다. 영우가 밥풀 하나 남기지 않고 밥 한 공기를 뚝딱 비우는 것을 보니 방금 전 쌀을 씻을 때 막연한 공포감은 온데간데없다.

그렇다.

영우는 춘복이 삶의 끈을 놓지 않고 살아갈 수 있는 이유다.

자신의 삶이 다하는 동안만이라도 영우를 끝까지 책임지고 키워내야 한다. 이제 춘복의 삶의 근원이 된 영우가 춘복은 그저 눈물 나게 고맙기까지 하다.

하나밖에 없는 제 자식인데 설마 나중에라도 언젠가 선영이 영우를 찾아오겠지.

찬도 없는 밥을 계란국에 말아 남김없이 비운 영우를 보고 있노라니 춘복은 방금 전의 피곤함은 싹 가시고 어느 정도는 마음이 긍정적으로 전환됨을 느낀다.

비록 좁더라도 눈비를 피하고 영우와 잘 수 있는 이 방이 있고, 굶지 않고 살아갈 수 있는 이 삶도 그리 비루하지만은 않다는 생각이 들었다.

춘복은 이렇게 다시 기운을 내서 영우를 어린이집에 보내고 다른 날보다 일찌감치 폐지를 한 장이라도 더 주우러 서둘러 나갈 채비를 하였다.

room 21

은재의 방

 봉천동 고시원과 은재의 노모가 사는 은천동의 거리가 가까움에도 은재가 거의 6개월 만에 엄마 집으로 가는 길은 마치 몇 년 만에 찾아온 듯이 낯설다.

 오르막길을 한참을 올라가는데 5월 말의 한낮의 기온은 한여름과 같이 햇살이 매우 뜨거웠다.

은재는 물색 반소매 원피스를 입었음에도 이마에 땀방울이 계속 흘러내렸다.

은재가 매고 나온 갈색 가방 안엔 이번 공모전에서 받은 상금이 담긴 흰 봉투가 들어 있다.

'나의 늙은 노모에게 참으로 오랜만에 드리는 큰 액수의 돈.'

은재는 팔순이 훌쩍 넘은 늙은 엄마를 생각하니 가슴이 또 울컥해진다.

은천동 집에 가는 길은 여전히 가파르고 길다. 연보랏빛 가지꽃이 곱게 수놓인 손수건을 갈색 가방에서 꺼내 흐르는 땀을 연신 닦아 낸다.

10여 분을 더 걸었을까. 드디어 엄마가 사는 집이 보인다. 파란 쪽 대문 아래쪽엔 이름 모를 잡초가 빼곡히도 올라와 있다.

대문을 열고 들어서는데 머리가 백발인 은재의 엄마는 고개를 푹 숙이고 작은 마당 돗자리에 앉아 물에 불린 마늘을 까고 계셨다. 큰 포대자루 속엔 깐 마늘이 그득하다.

"저, 왔어요. 엄마."

그러자 마늘 까는 것에만 집중하고 있던 은재의 엄마는 키가 큰 은재를 빤히 올려다본다.

"왔으믄 앉지 머더냐아. 모가지 아픈게 앉거."

성격이 무뚝뚝함이 은재는 엄마를 쏙 빼닮았다. 속으로는 반년 만에 온 딸이 반가워 버선발로 뛰어나와 부둥켜안아도 모자를 판에 은재의 노모는 애써 자신의 기쁜 감정을 숨긴다.

은재가 마늘 까는 돗자리 옆 쪽마루에 앉는다.

"밥 묵어야재."

마늘 깠던 손을 털고 일어나는 엄마의 손등은 거칠고 손톱 테두리는 마늘 물이 들어 새까맣다.

"아직도 마늘 까는 부업 하세요? 허리도 굽은 양반이 그렇게 쪼그리고 마늘만 까고 있으면 허리 더 구부러져요."

은재는 늙은 엄마에게 벌침 쏘듯이 쏘아 댔다.

"이렇게 하루가 긴디야. 산 송장마냥 암껏도 안 허고 멍청허니 아까운 시간을 보낸다냐. 내는 관 속에 들어가기 전까지는 뭣이라도 헐 것 있으믄 헐 것인게 너는 암 소리 말어라. 글고 오랜만에 와서 호들갑 떨지 말고 쌀이나 씻어서 밥 안쳐라이. 너 온다고 돼지 두루치기 재놨응게 볶아서 열무김치랑 묵자이."

은재의 엄마는 다시 까던 마늘을 마저 깐다.

은재는 더 이상 말을 하지 않고 작은 부엌에 들어가 쌀통에서 쌀을 꺼내 씻으면서 엄마의 작은 부엌을 둘러본다. 살림살이 없는 딱 필요한 것만 놓여 있는 참으로 단출한 엄마의 부엌살림들.

씻은 쌀을 전기밥솥에 막 안치려는데 그때 밖에서 사람 소리가 들린다.

"할머니! 마늘 다 까셨어요? 깐 마늘 가지러 왔는데."

낯선 젊은 여자의 하이톤의 목소리가 은재의 귓가에 들려왔다.

은재는 궁금해서 나가 보니 40대 중반으로 보이는 어떤 여자가 은재의 엄마가 까 놓은 마늘이 든 포대자루를 번쩍 들어 자신이 가져온 중량기에 달아 본다.

"아휴, 많이도 까 놓으셨네. 이만 팔천 원인데 할머니 연세를 봐서 삼만 원 드렸어요. 깨끗하게 야무지게도 까셨네. 젊은 아줌마들보다 마늘 상처 안 나게 정말 잘 까셔요."

어느새 부엌에서 나와 그런 모습을 지켜보고 있던 은재를 보고 마늘 부업 중개인 아줌마가 속사포같이 쏟아 낸다.

"어머머, 누구예요? 할머니 손녀딸이 놀러 왔나 보다. 어쩜 저렇게 예쁘게 생겼대요. 할머니 딸이 이쁘신가 보네. 손녀가 저리 이쁜 걸 보니."

그러자 은재의 엄마는 표정이 굳어진다.

"쟤가 내 딸이여. 손녀딸 아니고."

은재 엄마의 무뚝뚝하고 무심한 어조에 그 여자는 무안해진다.

"어머, 내가 실수를 했네. 할머님이 결혼이 늦으셨구나."

더 주책없는 말을 한다.

"쓸데없는 소리 지껄이지 말고 어여 가. 마늘 또 다 까믄 내가 전화할 틴게."

은재의 엄마는 무색하게 쏘아붙인다.

그 여자가 떠나고 작은 마당에서 은재 노모와 은재는 한동안 아무 말 없이 서 있었다. 그러한 침묵이 불편하다.

"방에 들으가 있어라이. 두루치기 해서 곧 들여갈 틴게."

갑자기 은재 엄마가 어색한 말투로 말했다.

은재의 엄마는 은천동에서 방 두 개와 부엌이 하나 딸린 작은 마당이 있는 집에 산다. 보기엔 허름해 보여도 은재 엄마가 서울에 올라와서 여기저기 식당 일을 다니며 모은 돈으로 구입한 전세도, 월세도 아닌 자가이다.

은재 엄마는 집 명의를 벌써 십여 년 전부터 '박은재'로 바꾸어 놓은 지 오래다. 나이가 많은 은재 엄마는 당신이 언제 저승길로 소풍을 갈지 모른다는 생각이었을 것이다.

room 22

순자의 방

 순자는 그렇게 [누리원] 지하 1층 식당에서 허겁지겁 밥을 먹고 있는 아들 민석이 앞으로 천천히 다가갔다.

 민석인 자신의 엄마가 바로 앞에 있는 줄도 모르고 식판에 고개를 푸욱 숙이고서 연신 먹는 데에만 열중하고 있는 모습이다.

 늘 보는 모습인데 왜 항상 변함없이 가슴이 미어지는 걸까. 이젠 좀 무뎌질 만도 한데.

순자는 애써 마음을 가다듬고 조심히 불러 본다.

"민석아."

역시 민석인 어렸을 때와 똑같이 호명 반응도 엄마와 눈을 마주치지도 못할뿐더러 19년을 순자가 일을 하면서도 데리고 살았건만 엄마조차도 알아보지 못한다.

설상가상으로 중중 뇌성마비뿐 아니라 좌뇌와 우뇌를 연결하는 뇌간에도 이상이 있어 민석인 아무런 인지능력이 없다.

식사 보조 교사가 도와주는데도 식사의 삼 분의 일을 다 흘리고 밥을 먹는 민석이.

순자는 검정 가방에서 손수건을 꺼내 민석이에게 얼른 다가가 얼굴에 온통 묻은 밥풀과 반찬 국물을 닦아 주었다.

순간, 잠시 찰나라도 엄마인 순자에게 눈을 맞추고 이를 드러내며 해맑게 활짝 웃어 주는 민석이.

그 눈맞춤 상호작용이 비록 단 몇 초라 해도 순자의 가슴 속 저 밑바닥에서부터 '모성애'라는 뜨거운 불덩이가 솟구쳐 오름을 느낀다.

순자는 갑자기 밥을 먹고 앉아 있던 민석이의 머리를 끌어당겨 가슴팍에 덥석 안았다.

'이리도 따뜻한 체온이 생생하게 느껴지는 소중하고 귀한 내 강아지. 여지껏 엄마 없이도 씩씩하게 살아가고 있는 이쁜 내 새끼. 이쁜 내 아가.'

순간 설움이 봇물처럼 올라와 순자의 호흡이 가빠진다.

다시 정신을 차리고 민석이의 남아 있는 밥을 다 먹도록 그대로 지켜본다.

직접 순자가 떠먹여 주고 싶지만 민석이의 독립심을 심어 주기 위해서라도 음식물을 흘리고 먹더라도 민석이가 스스로 식사를 다 마칠 때까지 순자는 꾹 참고 기다려 주었다.

점심때에 맞춰 온다고 온 건데 시간 계산이 어긋났는지 한발 늦었다. 새벽에 넉넉히 싸 온 김밥과 고구마 맛탕은 드링크와 같이 [누리원] 교사들에게 나눠 주고 가야겠다고 순자는 생각한다.

식사를 다 마친 민석이를 데리고 순자는 민석이 담당 교사를 찾아가 여느 때처럼 민석이를 자신이 목욕을 시켜 주고 가겠노라고 미리 이야기를 했다.

그리고 민석이 방으로 가서 민석이의 서랍장 속에 있는 새 속옷과 새 수건을 들고 누리원 공중 샤워실로 민석이를 데리고 갔다.

뇌병변으로 인해 사지마비 현상이 일어나고 신체 자율 의지가 없어진 민석이는 팔과 다리를 휘청휘청 흔들어 대고 걸으며 순자가 알아들을 수 없는 언어로 수없이 소리를 내었다.

"어. 어부부. 우어. 무무무."

순자는 민석의 그 알 수 없는 말에 익숙한 듯이 답해 준다.

"응, 민석아. 엄마랑 목욕하러 가니 기분이 좋은 게구나. 엄마도 너랑 목욕할 생각하니 너무 좋다, 민석아."

공용 샤워실 앞에서 아슬아슬하게 비틀거리며 들어가는 민석이를 부축하니 뚱뚱한 순자의 등은 어느새 목욕도 시키기 전에 땀으로 흠뻑 젖었다.

그래도 민석이가 장애인 시설에 입소하기 전 열아홉 살 때까지 순자가 키웠기에 민석이를 직접 머리 감기고 목욕시키는, 순자 자신이 터득한 수월한 방법들을 잊지 않았다.

지금도 두 달에 한 번씩 [누리원]에 올 때마다 순자가 직접 손으로 아들의 몸을 매만지며 씻기는 일이 순자의 소소한 낙이 되었다.

그러면 일주일 정도는 순자는 민석이의 보드라운 살의 감촉을 기억하며 힘을 내어 또다시 일터로 향할 수 있게 된다.

'삶의 행복의 기준이라는 게 뭐가 특별히 있으랴.'

순자는 생각한다.

마음만 먹으면 민석이를 언제든 볼 수 있고, 껴안을 수 있고 만져 볼 수 있음에 그저 감사하고, 비록 뚱뚱한 몸이라 해도 일정하게 돈을 벌 수 있는 몸뚱어리라도 있어서 참 다행이라고 생각하며 그렇게 아들을 보고 [누리원]에서 좁은 방으로 돌아온 순자는 비로소 피곤한 몸을 뉘였다.

(room 23)

혁진의 방

오늘은.

무탈하게 별다른 작은 사고 하나 없이 혁진은 오늘의 오토바이 퀵 배송을 무사히 마치고 퇴근하는 길이다.

오토바이를 타고 고시원으로 오는 길.
4층짜리 다 쓰러져 가는 작은 고시원 건물 위에도 지는 해는 어디에서나 아름다움이 공평하다.

지는 해를 필두로 노을이 태양 주변으로 서서히 물에 번진 물감처럼 물들면서 그러한 장관을 보고 혁진은 아름답다 감탄하다가 문득 죽은 형이 생각났다.

형이 죽기 전 어릴 때, 아픈 형이 있는 집에 들어가기 싫어 친구들과 동네 공터에서 신나게 공차기를 하다가 저녁노을이 지면 놀던 친구들이 모두 하나하나 집으로 들어가 버리는 게 혁진은 싫었다.

혁진도 하는 수 없이 집으로 돌아가면 엄마는 형을 돌보느라 반기지도 않았고 혁진에게 건성건성 대충 차려 주는 저녁밥도 먹기 싫었다.

무엇보다도 죽음의 그림자가 늘 드리우듯 먹구름처럼 농밀한 입자가 무겁게 들어차 있는 집안의 공기를 잊을 수가 없었다.

그래서 혁진은 지금까지도 해 저물 무렵의 노을이 아름답고도 싫다.

그 해 질 무렵.

집에 너무 들어가기 싫었던.

죽은 형이 머물렀던 그 시간들.
죽은 형이 머물렀던 그 공간들.

그러나 지금의 혁진은 과거와 다르다.

과거엔 자신이 걷고 있는 어두컴컴했던 터널이 도무지 끝이 보이지 않고 영원할 것만 같았는데, 그 어두운 터널에서 빛을 볼 수 있도록 끌어내는 손을 내밀어 준 사람이 혁진에겐 바로 '유미'였던 것이다.

천성이 기질적으로 밝고 착한 유미를 만난 혁진은 그동안 음지에 있던 자신이 참으로 많이 변화되었음을 스스로도 느낄 수 있었다.

늘 비관적이고 열등감으로 점철되어 있었던 혁진의 사고는 유미를 만나 점차 미래에 대한 생각이 낙관적이 되어 갔고, 더 성실하게 자신이 하는 일에 매진할 수 있게 되었다.

그런 전에 없던 혁진의 '자신감'은 유미로부터 부여받은 거나 다름없다. 물질보다 더없이 소중한.

오늘도 유미가 싸 준 간소한 도시락을 잘 가는 공원 벤치에서 싹 다 비웠다. 깨끗한 빈 도시락 가지고 퇴근하는 혁진은 '유미'를 떠올리니 이내 마음이 등불처럼 환해진다.

그동안 일한 퀵 배송 수당에서 대출금을 제외한 나머지 금액을 비록 얼마 되지는 않더라도 혁진은 유미 손에 쥐여 주고 싶다.

밝디밝고, 상냥하고 열심히 사는 '유미'를 생각하면 혁진은 더 책임감이 높아지고, 전에는 찾아볼 수도 없었던 삶의 열정이 치솟는다.

고시원으로 들어가는 길. 혁진은 근처 빵집에서 유미가 좋아하는 꽈배기 도넛 한 봉지를 샀다.

혁진은 고시원에 들어서자마자 유미가 있는 301호실로 먼저 들른다.

'똑똑.'

먼저 노크를 하고 기다리는데 문을 열어 주는 이는 유미가 아니고 옆방 춘복 할아버지의 손자 영우다.

"혁진이 삼촌! 안녕히 다녀오셨어요?"

작은 두 손을 가지런히 모으고 공손히 예의 바르게 인사하는 영우가 혁진은 기특하고 이쁘다.

"응, 영우 안녕! 유미 누나 방에 놀러 왔구나. 이거 누나랑 먹으면서 놀아."

혁진이 손에 든 꽈배기 도넛 봉투를 자그마한 영우의 품에 안겨 주었다.

영우 바로 뒤에서 유미가 빙그레 웃으며 그런 혁진을 바라본다.

"일찍 퇴근했네. 영우가 놀러 와서 내 옆에서 그림 그리고 있었어."

"영우 놀다 가면 잠깐 밖에서 나 좀 봐."

혁진은 말을 하면서도 자신의 오른손으로는 연신 영우의 보드랍고 말캉한 볼을 계속 쓰다듬어 주었다.

"응, 알았어. 이따 봐. 꽈배기 잘 먹을게."

유미는 활짝 핀 복사꽃처럼 환하게 웃음 지었다.

혁진이 자신의 방으로 들어가 씻고서 옷을 갈아입고 나오니 유미는 벌써 고시원 입구에 서 있었다.

초여름 바람에 팔랑이는 파란 플레어스커트를 입고, 그 밑으로는 눈부시게 하얀 새 운동화를 신고서.

혁진은 그런 유미를 보며 마음속으로는 설렘을 숨기고 유미를 보며 활짝 웃음 짓는다.

"배고프다. 저녁 먹으러 가자."

유미의 손을 잡으며 얘기한다.

아직도 혁진만 보면 말할 수 없이 바보처럼 가슴이 쿵쾅거리는 유미는 금세 볼이 발그레해지는 게 스스로 창피할 지경이다.

혁진과 유미는 늘 가는 단골집 실비식당으로 나란히 들어가서 순두부찌개와 고등어자반 구이를 시킨다.

식사가 나오고 유미가 혁진의 밥뚜껑을 열어 주려는데 혁진이 자신의 진녹색 점퍼 주머니에서 흰 봉투를 꺼내 식당 테이블 위에 놓는다.

"이거, 얼마 되지는 않아. 유미가 매일 아침 공부하느라고 바쁠 텐데도 내 도시락 싸 주고. 이걸로는 한참 부족하지만 그래도 내 마음이야. 그리고 곧 시험이니 내 도시락은 이제 그만 싸고."

혁진은 유미가 열어 준 밥그릇에 있는 흰쌀밥을 숟가락 크게 퍼서 입에 넣었다.

"아니야, 혁진아. 반찬도 별로 없이 나 먹는 거 조금 덜어서 간단히 싸 주는 것뿐인데. 전혀 부담 갖지 마. 어서 빚 먼저 갚아야지. 넣어 둬. 난 안 받을 테야."

그런 유미를 보고 혁진은 말없이 흰 봉투를 반듯이 반으로 접어 유미의 작은 가방 안에 얌전히 넣어 준다.

"얼마 안 된다고 했잖아. 내 마음이야. 받아. 그리고 찌개 식기 전에 어서 밥부터 먹자."

유미의 밥그릇에 구운 고등어를 한 점 떼서 얹어 준다.

어느새 유미는 또 눈가가 토끼 눈처럼 빨개지며 눈물이 그렁그렁 맺혀 있다.

"나 있잖아. 지금 너무 행복해. 혁진아."

유미는 울먹이며 혁진에게 말했다.

///

유미의 방

  90년대 말까지 봉천 고개를 넘어가면 언뜻 보기에 산 전체가 허름한 판잣집들로 뒤덮인 듯한.

  예전에 봉천동 달동네라 불리던 이곳은 이제는 어느새 고층 아파트가 다 들어서 있다.

  유미는 혁진과 식당에서 식사를 마치고 봉천동 관악로를 끼고 그

주위를 둘이서 나란히 손을 잡고 산책을 했다.

이 높고 넓은 대단지 아파트엔 누가 살고 있을까.

낡은 고시원 좁은 방에 사는 유미는 이곳 아파트 산책로로 들어서서 산책을 하는데 괜히 주눅이 들었다.

유미는 혁진에게 손을 맡긴 채로 아파트 주변을 산책하면서 생각에 잠겼다.

내가 공무원이 되고서 열심히 돈을 벌고 모으면 혁진과 이런 아파트에서 과연 살 수 있을까.

아주 작은 평수라 해도 전혀 상관없다. 작은 평수라 해도 지금 고시원 좁은 방과 비교하면 얼마나 드넓을 것인가.

반드시 그 꿈을 이룰 거라고 다짐한 유미는 혁진의 손을 더 꽈악 잡았다. 유미는 상상만으로도 잠시 행복해진다.

돌아오는 길.

어두컴컴한 고시원 입구에서 유미와 혁진은 내일을 위하여 각자의 고시원 방으로 들어가기 전 아슬아슬한 고시원 담벼락에 기대어 뜨겁게 입을 맞춘다.

유미는 혁진과의 입맞춤이 늘 첫 입맞춤과도 같이 가슴 벅차고 매 순간 파도처럼 일렁이는 마음을 어찌할 수가 없다.

서른한 살에 처음 해 보는 사랑이 이러하다.

유미는 태어나서 생전 처음 느껴 보는 이 애틋한 감정이 그저 낯설고도 신기할 뿐이다.

혁진을 배웅하고 자신의 301호 방으로 들어온 유미는 좀 전에 이른 저녁때 식당에서 혁진이 건넨 흰 봉투를 가방에서 조심스레 꺼내어 본다.

오만 원권 열 장이다.

생각지도 않게 혁진에게 오십만 원이나 되는 큰돈을 받은 유미는 어찌할 바를 모르겠다.

유미는 마치 소중한 보물 다루듯 혁진에게 받은 돈을 흰 봉투에 조심히 다시 집어넣는다.

이 돈은 절대 건드리지 않고 그대로 모아서 혁진에게 다시 돌려주기로 유미는 결정하고 다짐했다.

유미의 마음은 이미 혁진에게서 억만금을 받은 듯 감동스럽고도 혁진이 예전보다 더 믿음직스럽게 느껴졌다.

마음이 더할 수 없이 알 수 없는 무언가로 충만하게 꽉 채워진 느낌이다.

유미는 시간이 좀 늦었지만 오늘의 못다 한 공부를 밤을 새서라도 다 하고 자려 한다.

'나도 내가 해야 할 일을 반드시 성실히 해 나가야지.'

혁진과 고향에 계시는 부모님께 해 드릴 수 있는 것이라곤 지금은 유미가 시험에 꼭 합격하는 일뿐이다.

유미는 그렇게 늦은 시간까지 고시원 좁은 방 자신의 책상 앞에 앉아 공부에 내내 몰입했다.

 그런 유미를 응원이라도 하듯 유미가 열어 놓은 쪽창문으로 초여름 냄새를 가득 품은 시원한 바람이 밤늦도록 살랑거리며 넘나들었다.

(room 25)

춘복의 방

　아랫방 301호에 사는 인사성 바른 상냥한 아가씨인 유미의 방으로 영우가 스케치북을 들고 놀러 간 지 한참이 지났는데도 오지 않자 춘복은 걱정이 된다.

　춘복은 301호로 가 보려던 차에 마침 영우가 고시원 방문을 열고 들어 왔다. 작은 가슴팍에는 종이봉투를 품고서.

"할아버지! 이 꽈배기 도넛이요. 혁진이 삼촌이 유미 이모 사다 준 건데 유미 이모가 할아버지랑 저 먹으라고 다 주셨어요. 할아버지도 얼른 드세요."

영우는 자랑스러운 듯 활짝 웃으며 이야기한다.

"누나, 곧 시험이니까 이제 당분간 누나한테 가지 말어. 영우야."

춘복이 영우에게 이야기하자 영우는 방금 전까지만 해도 환했던 표정이 이내 시무룩해졌다.

"유미 이모 공부 방해 안 되게 이모한테 말도 안 걸고 얌전히 그림만 그렸는데요?"

"그래도 안 돼. 할애비 말 들어. 영우야. 우리 영우 착하지?"

금세 표정이 어두워진 영우를 보니 춘복은 마음이 좋지 않다.

영우를 더 나은 환경에서 자라게 해야 하는데 영우가 어린이집을 다녀오면 늙은 할아버지와 특별히 하는 것도 없이 시간을 보내야만 한다.

이 좁은 방에 영우의 친구를 불러 놀게 할 수도 없을뿐더러 그 흔한 학습지 하나 시키지도 못하는 지금 춘복의 어려운 형편이 그저 원망스러울 뿐이다.

오늘 저녁은 돼지고기 한 팩을 사 와서 간장을 넣어 만든 돼지고기 볶음을 영우는 참 맛나게도 먹는다.

아직 아이라서 그런지 방금 전 어두웠던 표정은 온데간데없어지고 밥을 맛있게도 먹는 손자 영우를 보니 춘복은 말할 수 없이 마음이 흐뭇해졌다.

그때, 춘복의 폴더형 휴대폰으로 발신자 제한이라고 찍힌 전화가 한 통 걸려 왔다.

춘복은 '발신자 제한'이라고 뜬 휴대폰을 보고 가슴이 서늘해진다. 춘복의 육감으로 이 전화는 틀림없이 선영의 전화일 거라는 확신이 들었다.

춘복은 떨리는 마음을 애써 진정시키고 "여보세요."라고 말한다.

춘복의 예상대로 역시나 아무 말이 없다.

"너 선영이 맞지? 영우 애미 맞지?"

갑자기 전화가 뚝 끊겼다.

춘복은 이미 끊긴 전화인데도 "선영아! 선영아!"라고 다급히 부른다.

춘복은 가슴이 철렁 내려앉고 심장이 몹시도 빨리 뛰었다.

'그래도 내 딸 선영이가 죽지는 않은 게구나. 이만해도 천만다행이다.'

전화를 건 걸 보면 언젠가는 영우를 반드시 찾아올 날도 있을 거라 춘복은 확신한다.

전화가 걸려 온 그날 밤 춘복은 영우를 재우고 나서도 쉽게 잠을 이루지 못한다.

'죽지 않고 어디 살아만 있어도 다행인 것이지. 암만. 그렇고말고.'

춘복은 최대한 긍정적으로 생각하려고 노력해 본다.

언젠가는 분명히 언젠가는 선영이 올 것 같은 예감이 들어 춘복은 조금은 평온한 마음으로 내일을 위해서 애써 잠을 청했다.

은재의 방

'팔순의 노모가 아슬아슬하게 살아 계시는 동안은 나 '박은재'는 아직 고아가 아니다.'

뜬금없는 생각이 들었다.

"상 차렸다. 어여 밥상 들여가라이."

늙은 노모의 목소리가 부엌에서 들려온다. 은재는 냉큼 일어나 안방으로 밥상을 들고 들어왔다. 등이 굽은 노모는 숭늉이 든 대접을 들고 따라 들어온다.

고시원에서 제대로 된 밥을 먹지 않아서인가 나이 든 노모의 몇 가지 안 되는 찬과 돼지고기 두루치기가 입 짧은 은재의 입에 딱 맞는다.

몇 숟가락 남은 그릇을 노모는 말도 없이 뺏어가 부엌으로 가서 밥을 한 공기 더 퍼 오신다. 은재는 배가 부른데도 말없이 밥 두 공기를 일부러 다 비워 냈다.

밥을 다 먹고 밥상을 물린 후 설거지까지 마친 은재는 노모의 손을 잡고 방바닥에 앉힌다.

그리고 은재의 갈색 가방에서 흰 봉투를 꺼내어 거칠고 투박한 늙은 어머니의 손에 그 봉투를 쥐여 드렸다.

"엄마, 나 이번 시나리오 공모전에서 대상 받았어요. 그리고 이건 상금."

무뚝뚝한 은재지만 지금만큼은 자신을 위해 희생해 온 노모에게 어색하게 웃으며 말했다.

어렸을 땐 은재에게 그리도 엄했던 노모는 그제서야 눈물이 글썽글썽해지며 참았던 눈물을 쏟아 낸다.

주름으로 온통 덮인, 마른 노모의 얼굴은 눈물로 범벅이 되어 은재의 마음을 무겁게 짓누른다. 반년 만에 찾아온 어머니의 얼굴은 이미 백 세는 훌쩍 넘어 보인다.

어설픈 글을 쓴답시고 엄마를 자주 찾아오지 않았던 은재는 이런 자신이 그저 원망스럽다.

"내 그럴 줄 알았다이. 그럴 줄 알았어야. 네가 작가를 하지. 누가 작가를 헌다냐아. 네가 지금껏 읽은 책들을 쌓으라고 허믄 쩌그 저 산만 할 것이다아."

늙은 노모는 마당 앞에 서면 보이는 관악산을 향해 손짓하면 연신 눈물을 훔쳐내셨다.

유년기 땐 엄마에게 애틋한 정이 없던 은재도 그런 나이 드신 노모의 눈물이 은재의 메마른 가슴에 밤하늘의 별처럼 들어와 박힌다.

반년 만에 엄마를 만나고 노모가 손수 차려 주신 밥을 먹고 노모의 손에 상금을 쥐여 드리고 나와 고시원 좁은 방으로 가는 은재의 발걸음이 오랜만에 가볍다.

은재는 고시원으로 돌아와 다시 좁은 방으로 들어오니 엄마가 대문을 나설 때 하셨던 말씀이 떠오른다.

대문을 나서는데 노모가 은재 팔을 붙잡는다.

"인자 상도 타고 헸웅게 집으로 돌아와서 글 쓰는 것이 어떡것냐, 아가."

무뚝뚝한 엄마의 입에서 은재에게 다정스레 '아가'라는 호칭을 쓰는 것이 은재는 영 예전의 엄마 같지가 않았다.

"여그가 크진 않아도 고시원 좁은 방보다는 낫지 않냐아. 방도 두 갠디. 꼭 거그서 글을 써야만 잘 써진다냐. 이제 이 늙은 애미가 살면 또 얼마나 살것냐이. 웬만하면 집으로 들어와 글 쓰그라이."

"네, 생각해 볼게요. 어서 들어가요. 엄마."

은재는 고시원 자신의 방으로 돌아와 생각했다. 왜 나는 엄마와 같이 살고 싶지 않은 걸까.

엄마는 나를 늦둥이로 낳았음에도 불구하고 엄했다. 특히 늙은 아버지 앞에서 말이다.

그 이유는 은재는 지금도 정확히는 모르겠으나 엄마는 늘 은재에게 무서운 학교 교장 선생님처럼 굴었다. 누가 보지 않는데도 남에게 늘 예의 바른 것을 엄마는 첫째로 삼았다. 은재의 일거수일투족 모든 행동거지를 주시하고 가르쳤다.

은재는 어려서부터 그런 엄마가 불편했으며 어려웠다.

은재가 어렸을 때부터 자신의 방에 틀어박혀 책읽기를 좋아하게 된 것도 엄마의 감시가 한몫했다 해도 과언이 아니다.

은재가 어렸을 때부터 한동네에 살았던, 남 말하기 좋아하는 당숙 고모에게서 언뜻 들은 이야기가 떠올랐다.

엄마는 자신의 딸은 전남편 잡아먹은 팔자 사나운 년의 딸로 키우고 싶지 않아서였을 거라는 터무니없는 이야기가 기억날 뿐이었다.

그렇다.

은재는 그렇게 어렵고 불편한 어머니에게서 벗어나고자 대학교를 졸업하자마자 글을 쓴다는 핑계로 늙은 노모의 곁을 떠나 집을 나와 버렸다.

여러 고시원을 전전하며 은재는 점점 더 어머니에게 용돈 받기가 미안해져 카페나 편의점 아르바이트를 하기도 했다.

그런데 이 고시원으로 거처를 옮긴 이후로는, 비록 낡고 오래됐지만 은재가 살기엔 부담 없는 월세가 더없이 안성맞춤이었다. 언제 철거될지 모르는 불안한 고시원이었지만.

은재는 엄마의 말처럼 언제 돌아가실지도 모르는 팔순이 훨씬 넘은 엄마의 집으로 들어가는 것이 올바른 일이 아닌 걸까 잠깐 생각해 본다.

지금 은재에겐 거처보다 당장 중요한 건 당선된 공모전 그다음 작품인 영화 시나리오를 새로이 쓰는 일이다.

새로운 글을 쓰려 하니 은재는 가슴이 뛰고 벅차면서도 한편으로는 두렵기도 하다.

공모전에 한 번 당선되었다고 영화 시나리오 작가로 성공하는 일은 지극히 드물기 때문이다.

은재는 초심으로 돌아가 자신의 고시원 책상에 앉아 다음 시나리오 작품 구상을 하기 시작했다.

기쁨에 찬 눈물을 흘리며 은재를 안아 주던 자신의 늙은 어머니를 이따금씩 떠올리며.

room 27

순자의 방

순자에게는 꿈이 하나 있다.

자신이 죽기 전까지 아들 민석이가 살고 있는 [누리원] 장애인 시설로 직접 들어가서 주방 일을 하든, 청소 일을 하든 아들 민석이를 매일 보면서 일을 하는 것이 순자의 간절한 소원이다.

그리고 민석이뿐 아니라 자신이 살아 있는 한 거동이 불편한 장애인 어르신들께도 평생을 봉사하면서 살다 가고 싶다는 생각을 늘 마음에 담고 사는 순자다.

어차피 죽으면 다 썩어 없어질 몸뚱아리를 조금이라도 타인에게 도움이 되고 싶다는 마음뿐이다.

민석이를 만나고 온 후 잠이 들어 아침을 맞이한 순자는 오랜만에 정신이 맑고 개운하다.

그리고 어제 보고 온 민석이를 마음속에 또렷이 그려 본다.

웃을 때 눈 모양새가 초승달이 되는 민석이.
오른쪽 볼에만 들어가는 선명한 보조개.
도톰하면서도 복스러운 붉은 입술.
밥 먹을 때마다 날름거리는 선홍색 혀.

비록 장애가 있다 해도 민석인 순자에겐 어느 것 하나 이쁘지 않은 곳이 없다. 민석이를 맘속에 그리면서 오늘도 순자는 변함없이 출근을 한다.

진분홍 철쭉이 지천이던 5월이 지나가고 어느덧 6월이 돌아왔다.

강렬한 주홍색을 띤 능소화, 핏빛처럼 붉은 장미, 새하얀 치자꽃이 6월 중순까지 피어날 것이다.

어려서부터 순자는 순백색의 새하얀, 그야말로 새색시같이 청초한 치자꽃을 좋아했다.

순자는 곧 있으면 치자꽃이 필 이 계절이 좋다. 아주 뜨겁지도 않은 온화한 초여름이 각별히 좋은 순자다.

매일 봉천동에서 쿠팡 셔틀버스를 타고 장시간에 걸쳐서 송파구 장지동에 위치한 서울복합물류 E동 쿠팡서울지점 물류센터에 도착한다.

도착한 물류센터로 곧바로 들어가 사원증 목걸이를 목에 걸고 작업 조끼를 입고서 순자는 오늘의 할 일을 시작한다.

순자는 자신이 맡은 물건에 제일 먼저 바코드를 찍고 그 물건을 다시 분류해서 박스에 넣고 포장을 한 뒤 트레일로 보내는 작업을 한다.

운 나쁘게 부피가 크고 무게가 나가는 쌀이나 중소형 가전제품, 생

수 박스 또는 대용량 개사료가 걸리는 날에는 밤새 허리통증에 시달리고 온몸에 파스를 붙여야 한다.

급여가 다음 날 즉시 입금되고 식사가 꼬박꼬박 제공되는 장점 말고는 쿠팡 물류센터 일의 실상은 참으로 고된 중노동이다.

여름에는 대형 선풍기 말고는 에어컨이 없어 육중한 몸무게를 가진 순자는 땀을 비 오듯 흘리며 일을 하고, 겨울에는 온풍기도 없이 손이 얼어 일에 진척이 없고 발에 불편한 방한화까지 신고서 하루 종일 서서 일해야만 한다.

처음 이 일을 시작하고 삼 일을 못 버티고 나와 집에서 꼼짝도 못하고 이틀 동안 끙끙 앓으며 이불속에서 나오지 못하기도 했다.

이젠 오 년도 넘게 일을 하다 보니 순자는 나름 이력이 나고 요령도 생겨 일을 하는 것이지, 이렇게 열악한 환경에서 일을 한다는 건 돈을 벌어야 하는 이유가 절실한 사람만이 일을 그만두지 않고 버틸 수 있다.

유일하게 앉을 수 있는 시간은 화장실 변기에 앉는 시간과 점심시간 식당 의자에 앉을 때뿐이다.

출근하자마자 몰두해서 일을 한 지 얼마 되지 않아 어느덧 순자가 기다리던 점심시간이 되었다.

역시나 정확한 시간에 사람 좋은 얼굴을 하고서 빙그레 웃으며 현이 엄마가 순자 자리로 찾아온다.

"민석 엄마! 점심 먹으러 가야지."

혁진의 방

혁진에게도 꿈이 있었을까.

형이 아파서 암울하기만 했던 유년기 때에는, 핑계일지도 모르지만 혁진의 집안 분위기에서는 아무런 꿈을 꿀 수 없었다. 아무런 희망조차도 보이지 않는 듯했다.

공차기를 좋아했던 혁진은 잠시 잠깐 어렴풋이나마 축구 선수가 되고 싶다고 생각한 적도 있었던 것 같다.

하지만 그마저도 사그라든 건 무슨 이유에서였을까.

혁진은 유미와 밥을 먹고 헤어지고 자신의 좁은 방으로 돌아와 곰곰이 생각해 본다.

이루고자 했던 꿈도 딱히 없었고, 이도 저도 아닌 채로 서른이 다 되어 가도록 귀한 세월을 덧없이 흘려보낸 것같이 느껴진다고 생각이 들기 시작한 것은 혁진이 유미를 만나고부터다.

혁진이 생각하기에 자신과는 반대로 확실한 본인의 목표와 꿈이 있고, 그 꿈을 향해 유미는 하루하루를 결코 허투루 쓴 적이 없다는 걸 혁진이 더 잘 알고 있다.

늘 구체적이고 눈에 보이는 선명한 꿈들을 유미는 가슴속에 꽉 채워 품고 사는 듯했다.

혁진은 그러한 유미가 부럽기까지 했다. 늘 주눅 들지 않는 당당한 삶의 태도 또한 유미를 닮고 싶어졌다.

그래서 혁진도 지금부터라도 작게나마 '꿈'을 가져 보기로 했다.

오토바이 퀵 배달을 남들보다 한 건이라도 더 해서 하루속히 남은 빚을 청산하고 저축을 해 나가기로, 그리고 조심스럽지만 혁진은 유미와의 미래도 살며시 꿈꿔 보기로 다짐한다.

유미를 만나고부터 혁진의 인생이 음에서 양지로 바뀌어 나감을 서서히 혁진은 체감했다.

유미를 만나기 전엔 혁진은 삶을 오래 보낼 생각이 없었고 대충 살다가 인생을 마무리하고 싶었던 사람이었다.

그러나 이젠 삶의 끈을 놓지 않고 이전보다 더 열심히 살아 보려고 한다. 예전 혁진의 올바르지 못한 생각과는 다르게 말이다. 이런 생각을 하며 혁진은 내일 아침을 위해 일찍 잠자리에 들었다.

변함없이 날이 밝았다.

혁진은 출근하기 전 오늘도 자신의 좁은 방 안에서 코어 운동을 비롯한 각종 운동을 시작으로 아침을 맞이한다.

운동이 끝나고 아침부터 기분 좋은 땀을 흘린 혁진은 고시원 공용 샤워실로 가서 샤워를 하고 출근 준비를 했다.

6월에 들어서니 한낮엔 여름 기온과 같아져 혁진은 배송 일을 할 때 땀을 잘 흡수하는 기능성 반소매 셔츠를 입고 자신의 오토바이를 타러 갔다.

오토바이를 타기 전 오토바이 탑 박스를 열어 보니 오늘도 변함없이 유미가 넣어 둔 점심 도시락과 물병이 자리하고 있었다.

예전엔 무표정한 표정으로 살았던 혁진은 저절로 입가에 미소가 머문다.

상쾌하고 기분 좋은 초여름 아침이다.
세상이 온통 연초록 잎사귀와 꽃들로 무성하다.

그렇게 혁진은 오토바이를 타고 퀵 배송 사무실로 힘차게 도로를 누비며 달린다.

오전엔 서울 강남 쪽에서 퀵 배송 작업을 마치고 점심나절이 되어 혁진은 강남에서 가까운 선릉 공원 벤치로 가서 유미가 싸 준 도시락을 꺼냈다.

먼저 유미가 보냉병에 넣어 준 고소하고 시원한 냉보리차를 마시니 오전에 퀵 배송했던 피로가 싸악 사라졌다.

물을 마시고 도시락 뚜껑을 열어 보니 유미가 자주 해 주는 오므라이스다.

각종 채소를 넣어 볶은 볶음밥 위에 포슬포슬한 계란 이불이 덮여져 있는 오므라이스는 혁진도 좋아하는 도시락 메뉴이다.

계란 위에는 어김없이 유미가 케첩으로 하트 모양을 그려 놓았다. 그것을 보고 혁진은 또 웃는다.

혁진은 유미를 만나고부터 무뚝뚝한 무표정의 얼굴에서 여러 가지 표정이 다양하게 묻어남을 스스로도 느낀다.

오므라이스의 볶음밥의 고소함이 입안에 가득 퍼지면서 혁진은 문득 전에 없던 행복감을 느꼈다.

room 29

유미의 방

국가직 일반행정 7급 공무원 시험이 유미에게 벌써 성큼 다가왔다.

6월 중순이 된 지금 유미의 시험은 다음 달 7월 19일에 1차 필기 시험을 보게 된다. 일반 행정 7급 공무원 시험 과목은 국어, 영어, 한국사를 비롯한 행정학, 행정법, 경제학이다.

1차 필기 합격 커트라인은 92점에서 95점인데 2차 면접에서까지 안전하게 합격하려면 유미는 평균 95점 내외의 점수를 내야만 한다.

지금까지 7년여를 넘게 떨어진 7급 행정직 공무원 시험이다.

'이번에는 기필코 시험에 꼭 합격하고 말리라.'

유미는 이를 악물고 시험일까지 약 한 달 남은 지금 더더욱 공부에 박차를 가하리라 다짐한다.

밤늦도록 공부를 하다 잠든 유미는 그래도 아침 6시에 어김없이 일어나 혁진의 도시락을 싸는 것을 절대 잊지 않는다.

오늘의 도시락 메뉴는 계란 프라이 반숙을 두 장 얹은 김치 볶음밥이다.

혁진은 유난히 유미가 만들어 주는 김치 볶음밥을 좋아한다.

혁진의 말로는 자신이 김치 볶음밥을 하면 퍽퍽하고 별로인데, 유미가 한 김치 볶음밥은 밥에 윤기가 좌르르 흐르고 쫑쫑 썰어 넣은 김치가 듬뿍 들어간 촉촉한 밥이 너무 맛이 좋다고 했다.

유미의 고향 집 김치와 유미 엄마가 직접 짜신 참기름이 맛있기 때문일 거라고 유미는 생각하고 이내 흐뭇해진다.

김치 볶음밥을 싼 도시락과 차가운 냉보리차를 넣은 보냉 물병을 유미는 혁진이 출근하기 전에 오토바이 탑 박스 안에 얼른 넣어 두고 온다.

공무원 시험이 한 달여밖에 남지 않았기에 유미와 혁진은 가능한 한 당분간은 보지 않기로 했다.

유미의 귀한 공부 시간을 자신이 뺏어서는 안 된다고 하며 혁진이 먼저 건넨 제안이었다.

유미도 이번 시험만큼은 꼭 합격하고자 하는 마음이 더더욱 간절했기에 마음속으로는 혁진을 당분간 못 본다는 것이 말할 수 없이 서운했지만 어쩔 수 없이 겉으로는 흔쾌히 알겠다고 대답했다.

유미는 혁진이 타고 다니는 오토바이만 바라보고 있어도 혁진이 무척이나 그립고 보고 싶다.

유미는 그러한 마음을 애써 떨치려 고시원 세면장으로 가서 차가운 물로 세수를 했다.

'한 달만. 딱 한 달만 마지막으로 고생해 보자.'

유미는 입술을 깨물었다.

어젯밤 너무 늦게까지 공부를 하고 다시 아침 일찍 일어나 혁진의 도시락을 싸서 그런지 오후 나절에는 공부하는 유미의 눈꺼풀이 저절로 내려온다.

잠을 떨쳐 내려 유미는 고시원 근처 편의점에 가서 각얼음이 든 일회용 컵과 제일 저렴한 액상 봉지 커피를 사 들고 자신의 고시원 방으로 들어왔다.

얼음으로 가득 채워진 차가운 커피를 단숨에 반 컵을 마시니 유미는 순식간에 잠이 달아났다.

잠이 달아난 그 틈을 이용해 유미는 다시 골치 아픈 행정법 교재를 퍼서 공부에 그렇게 몰두했다.

다시는 후회하는 일을 만드는 일이 없도록 다짐해 본다.

혁진과 간절한 미래의 꿈을 이루고 함께 향유할 수 있도록.

room 30

춘복의 방 (1)

 여느 날처럼 춘복은 손자 영우의 아침을 먹여 구립 어린이집으로 보낸 후, 좁은 방 청소를 간단히 하고서 일찌감치 일을 하러 나갈 채비를 했다.

 6월 중순이라 한낮의 온도는 이제 완연한 한여름이다.

 길가 상점들 앞에서 폐지를 줍는 일은 봄과 가을이 제일 수월하고

여름과 겨울은 고생스럽기가 이루 말할 수 없다.

6월인데도 한낮의 온도가 한여름과 같은데 춘복은 오늘도 길가에 종이 박스를 주워 박스에 붙어 있는 테이프를 일일이 떼어 내어 리어카에 최대한 납작하게 눕힌다.

한 장이라도 더 포개어 올리려면 펴 놓은 박스를 최대한 꾹꾹 눌러 리어카에 실어야 돈이 조금이라도 더 되기 때문이다.

이런 일련의 작업을 오늘 오후 나절 늦게까지 반복하다 보니 한여름 같은 뜨거운 더위로 춘복의 상의는 벌써 흥건히 다 젖고 얼굴에도 땀이 비 오듯 흘러 내렸다.

세면 타월을 목에 두르고 수시로 흐르는 땀을 연신 닦아 내며 한여름에 폐지를 줍는 일상은 춘복이 할 수 있는 유일한 일이다.

오늘은 제법 종이 폐지가 차곡차곡 빼곡히 쌓여 여느 날보다 리어카의 무게가 꽤 나감을 춘복은 느낀다. 예상으로는 얼추 만 이삼천 원은 할 법한 무거운 리어카를 끌고 가는 춘복은 오랜만에 기분이 좋다.

폐지가 무겁게 실린 리어카를 끌고서 사거리 한복판 횡단보도 앞에서 춘복이 신호등이 바뀌길 기다리는데,

그때 그 순간, 차 도로로 날아와 낮게 비행하던 은회색 비둘기 한 마리가 바로 그 앞으로 빠르게 지나가던 어떤 차에 부딪혀 푸드덕 소리를 내다가 바닥에 툭 하고 힘없이 그대로 떨어졌다.

도로 바닥에 떨어진 비둘기를 지나가는 차들은 무심히 치어 밟고 지나갔다. 피가 흥건해져 납작하게 짓이겨진 채로.

그 모습을 처음부터 자세히 지켜본 춘복은 순간 가슴 밑바닥이 철렁해지면서 심장이 두근거렸다.

모처럼 만에 기분이 좋았던 춘복은 신호가 바뀌길 기다렸다가 고물상으로 가야 하는 것도 잊은 채 리어카를 갓길에 세워 두고 차도로 가서 죽은 비둘기를 맨손으로 주웠다.

그리고는 춘복의 리어카에 실려 있던 신문지로 둘둘 말아 죽은 비둘기를 묻어 주러 그대로 근처 뒷산으로 올라갔다.

산에 올라가서 굵은 나뭇가지로 흙을 힘들게 파내어 구덩이를 만

들어 춘복은 그 죽은 비둘기를 정성스레 묻어 주었다.

은회색을 띤 죽은 비둘기의 눈은 마치 살아 있는 것처럼 분명 초롱초롱하게 눈을 뜨고 있었다.

비둘기를 묻어 주고 난 후 갓길에 세워 둔 자신의 리어카로 돌아온 춘복은 기분이 좋지 않은 채로 고물상으로 주운 폐지를 팔러 갔다.

폐지 가격은 춘복의 예상보다 많았다. 평소의 거의 두배. 하루 7,500원에서 8,000원 받던 금액이 오늘은 무려 14,000원이나 된다.

그래도 춘복은 춘복의 눈앞에서 피를 흘리며 죽은 비둘기가 생각나 내내 마음에 걸렸다.

폐지를 팔고 받은 돈을 주머니에 넣은 채 오늘은 컵라면도 먹지 않고 터덜터덜 고시원으로 돌아온 춘복.

고시원 방에 돌아와서 책상에 보니 춘복의 휴대폰이 있다.

영우가 있는 어린이집 말고는 딱히 전화도 올 데도 없는 춘복이기에 그러려니 하고 무심코 휴대폰을 열어 본다.

춘복의 방 (1)

휴대폰을 열어 보니 어린이집 전화번호가 찍힌 부재중 전화가 열두 통이나 와 있었다.

무슨 일인가.

어린이집에서 이렇게 여러 번 전화한 일은 지금껏 없었는데 말이다.

춘복은 불현듯 마음이 서늘해지고 불안이 한순간 엄습해 왔다.

room 31

춘복의 방 (2)

영우에게 무슨 일이 생겼다는 육감이 정확히 든 춘복은 어린이집으로 전화를 거는데 다리가 후들거리고 입술마저 덜덜 떨린다.

벨이 울리고 조금 있으니 "샛별 어린이집입니다."라고 말하는 어린이집 교사 음성이 들렸다.

"영우 할애비입니다. 제가 휴대폰을 안 가지고 나갔다 와 보니 부재중 전화가 어린이집에서 많이 걸려 왔던데 영우에게 혹시 무슨 일이 생긴 건 아니죠? 그렇죠? 선생님!"

그러나 춘복의 불길한 예감대로 어린이집 교사는 다급한 목소리로 답한다.

"영우 할아버지세요? 영우가 지금 많이 다쳐 중앙대학교병원 응급실에 있어요. 어서 빨리 병원으로 가 보세요. 지금 원장님과 교사 선생님 두 분이 병원에 계세요. 오늘 점심시간에 아이들이 점심을 먹으려고 식당으로 내려가다가 뒤에 있던 아이들에게 밀쳐져 안 그래도 몸이 약한 영우가 계단에서 그만 발을 헛디뎌 아래로 굴러 떨어졌어요."

그 말을 들은 춘복은 고시원 방바닥에 그대로 주저앉고 만다.

춘복은 방문을 열고 나가다가 다리에 힘이 풀려 다시 쓰러질 찰나에 마침 방문을 열고 나온 405호에 사는 순자가 이 모습을 보고 얼른 달려왔다. 그리고 춘복을 부축해 일으킨다.

"영우 할아버지! 왜 그러세요? 어디가 편찮으신 거예요?"

"영우가, 우리 영우가 어린이집 계단에서 굴러 많이 다쳤대요. 지금 빨리 병원에 가야 하는데 다리에 힘이 풀려 걷기가 힘드네요. 가야지요. 얼른 정신 차려서 택시 타고 우리 영우한테 빨리 가 봐야지요."

"저 지금은 시간이 되니까 저랑 같이 가요. 영우 할아버지."

착한 순자는 춘복의 팔을 부축해 고시원을 나와 병원 가는 택시에 함께 올라탔다.

춘복과 순자는 중앙대학교병원 응급실에 도착해 응급실 데스크 간호사에게 '윤영우' 이름을 다급한 목소리로 말한다.

그러자 마침 처치실에서 나온 남자 간호사가 춘복에게 다가온다.

"윤영우 어린이는 의식이 계속 안 돌아와 응급실에서 중환자실로 옮겼습니다. 중환자실은 면회 시간이 정해져 있어서 지금은 만나실 수 없고 여기서 잠시 담당 의사 선생님을 기다리시면 정밀 검사 결과를 들으실 수 있을 거예요."

간호사는 응급실에 비치되어 있는 간이 의자를 춘복에게 내어 준다. 영우가 의식이 없다는 간호사의 말을 들은 춘복은 망연자실해져 또 병원 바닥에 그대로 주저앉아 버렸다.

시간이 많이 지나지 않아 남자 간호사의 건조한 목소리가 들려왔다.

"윤영우 보호자님! 응급실 제2 진료실로 들어오세요."

반쯤 정신을 잃은 춘복을 순자가 부축해서 함께 진료실로 들어갔다.

나이가 꽤 젊어 보이는 남자 의사의 표정이 어둡다.

"응급실에 도착하자마자 동공이 확장되고, 온몸이 축 처져 이미 의식을 잃은 채로 실려 왔습니다. CT, MRI 등 여러 정밀 검사 소견으로는 소량의 뇌출혈도 보이고, 경두부 손상과 뇌좌상도 보였습니다. 머리에 의외로 큰 손상이 가 자칫하면 뇌 신경세포들이 이상 증상을 일으킬 수도 있고 현재까지 의식이 돌아오지 않아 위험할 수 있으니 지금 중환자실로 옮긴 상태입니다. 앞으로 계속 여러 가지 검사를 진행하며 경과를 더 지켜봐야 할 것 같습니다."

그 말을 들은 춘복은 바짓가랑이에서 어느 순간 오줌이 새어 나왔다.

춘복의 눈동자도 영우의 눈동자처럼 그대로 풀린 채로…….

$\left(\text{room 32}\right)$

은재의 방

은재는 오늘도 새로운 시나리오를 구상할 겸 기분 전환도 할 겸 고시원에서 조금 거리가 있는 새로 생긴 카페를 가기로 한다.

고시원 좁은 방과 대비를 이루는 널찍하고 깨끗한 카페에 가끔 가면 은재는 고시원 좁은 방에서 느꼈던 답답한 마음이 일순간 사라지곤 했다.

이른 오전이라 한산해 보이는 카페 안으로 들어온 은재는 카페 안 차가운 에어컨 냉기로 카페 주인에게 뜨거운 아메리카노 한 잔을 투 샷으로 주문한다.

작은 선풍기밖에 없는 은재의 고시원 좁은 방에서라면 편의점에서 구입한 얼음이 가득 든 아이스 아메리카노를 마시고 있을 텐데 말이다.

은재는 은재의 성격대로 카페에서 제일 구석진 곳을 찾아 받아 든 커피를 들고 마땅한 자리를 잡은 뒤 의자에 앉았다.

카페 테이블 위에 커피를 올려놓고, 큼지막한 갈색 가방 안에서 은재의 손때가 묻은 오래된 노트북을 꺼내 든다.

노트북 전원을 켜 놓은 뒤 은재는 투 샷으로 주문한 아메리카노의 삼 분의 일을 습관처럼 빠른 속도로 마신다.

은재 혼자만의 생각일지 모르지만 커피를 빠른 속도로 마시면 순식간에 카페인이 체내를 돌면서 보이지 않는 에너지로 꽉 채워진 느낌이 들기 때문이다.

순간 은재는 정신이 명료해지고 글을 쓰고 싶은 의욕이 마구 샘솟는다.

툭하면 멍하니 정신 줄을 놓고 있는 은재가 진한 커피를 하루도 빠짐없이 달고 사는 이유 중 하나다.

이번에 은재가 구상 중인 시나리오는 열여섯 살 시각 장애인 딸을 둔 아버지가 소녀의 손과 발이 되어 헌신적으로 딸을 지켜 주는 이야기다.

인영은 오늘도 아침에 일어나 멍하니 천장을 본다. 깜깜한 밤보다는 아침이 되어 햇빛이 창문으로 노출되어 들어오니 덜 어두워 보일 뿐 그 외엔 전혀 아무것도 보이지 않는다. 보이지 않는 방 천장을 인영은 눈을 한껏 부릅뜨고서 시야에 보이는 것이 있는지 안간힘을 쓰고 찾아본다. 흰 점 하나라도 허락되어 인영에게 보이면 좋으련만 안타깝게도 인영의 시야는 온통 암흑뿐이다. 열여섯 인영은 오늘도 절망 속에서 아침을 맞이한다.

여느 날처럼 달라진 건 그 무엇 하나 없이. 그때 인영의 방문이 열리고 익숙한 목소리가 예민해진 인영의 귓가에 들린다.

"우리 인영이 일어났니? 일어났으면 어서 씻고 밥 먹자. 아빠가 우리 인영이 좋아하는 김치 콩나물국 끓여 놨어."

익숙하지만 이젠 귀찮고 지겨워져 버린 아버지의 부드러운 음성.
3년 전에 소아당뇨망막병증으로 후천적 시각장애인이 되어 버린 인영은 일상의 감사함을 잊은 지 오래다. 무엇보다 아버지의 무한한 자상함과 맹목적 헌신이 인영에게 부담스럽고 버겁다. 인영의 24시간 일거수일투족을 관여하는 아버지의 배려에도 이젠 지친다.

보였던 세상이 안 보이고부터 어느 순간 보이지 않는 세상을 이제 그만 놔 버리고 싶다는 생각이 불쑥 들곤 하는 요즘의 인영이다. 그런데 인영에겐 인영이가 세상의 전부인 아버지가 있다. 인영인 그런 아버지가 지겹고 귀찮다가도 자신은 돌보지 않은 채 오직 딸인 인영이만을 챙기고 걱정하는 아버지가 때로는 애처롭기도 하다. 열여섯의 인영은 아직 너무 어리다. 초등학교 6학년 때 소아당뇨를 심하게 앓다가 후유증으로 시각장애인이 돼 버린 인영은 세상이 자신에게만 너무 가혹하다는 생각을 한다.

은재의 방

글을 써 내려가는 은재는 인영의 마음에 감정이입이 되어 가슴이 먹먹해진다.

은재는 카페에서 글을 쓰다가 에어컨 냉기가 춥게 느껴져 고시원으로 가서 글을 쓰기로 한다.

노트북을 챙겨 카페를 나와서 고시원까지 한참 걸어 도착해 403호인 은재의 방문을 열려는데 그때 갑자기 순자 아줌마가 은재 앞에 나타났다.

"은재야이. 401호 영우 할아버지 알재? 그 할아버지 손자 영우가 어린이집 계단에서 굴러 머리를 다쳐서 시방 병원 중환자실에 있어. 영우 의식이 아적도 안 돌아와서 영우 할아버지가 지금 넋이 나가서 방 안에 계신다이. 중환자실은 오전 10시만 면회가 돼서 고시원으로 헐 수 없이 오신 거여. 영우 엄마도 지금 없고 불쌍해서 어쩐다냐아, 은재야아."

순자 아줌마는 카페에서 돌아온 은재에게 숨도 안 쉬고 빠르게 얘기했다.

은재도 언제나 인사성 밝고 귀여운 영우를 문밖에서 마주칠 때마다 영우의 매끈한 뒤통수를 늘 쓰다듬어 주곤 했다.

그 소식을 들은 은재는 춘복 할아버지도 가엾고 영우도 말할 수 없이 걱정이 된다.

"영우가 우선 의식이 어서 돌아와서 빨리 깨어나야 할 텐데요."

은재가 순자 아줌마에게 얘기한다.

"이를 어쩔끄나. 세상에. 이를 어째야쓰까이."

순자 아줌마는 마치 자신의 일처럼 발을 동동 구르며 어쩔 줄 몰라 했다.

$\boxed{\text{room 33}}$

순자의 방

영우가 있는 병원에 춘복과 다녀온 순자는 휘청거리며 걷는 춘복을 부축해 춘복의 방으로 데려다주고 난 후, 비로소 자신의 405호실 방문을 열고 들어왔다.

순자는 마치 자신의 손자가 의식이 돌아오지 않은 것처럼 여전히 가슴이 쿵쾅거리고, 불안한 마음은 더없이 커져 갔다.

'어찌끄나, 저라고 영영 몬 일어나믄 정말 어째쓰까나, 뇌를 다쳐서 영우가 깨어난다게도 우리 민석이마냥 장애가 생겨 불믄 진짜 우째야쓰그나. 지발. 아무 일이 없어야 할 틴디. 지발.'

순자는 마음속으로 영우가 의식이 되돌아오기를 간절히 기도하고 또 기도했다.

순자 자신이 장애를 가진 자식을 키워 봐서 그 끝도 없는 고단함을 뼛속 깊이 더 잘 알기에 저 불쌍한 노인이 더 이상 불행의 늪으로 발을 딛게 되지 않기를 순자는 그저 바랄 뿐이다.

순자는 갑자기 긴장이 풀려 고시원 침대에 털썩 누웠다가 갑자기 생각난 듯 침대에서 다시 일어나 자신의 휴대폰을 들고 현이 엄마에게 문자를 보낸다.

순자는 내일 자신의 쿠팡 물류 센터 일이 오전 조인데 현이 엄마에게 부탁을 하고 일하는 시간을 바꾸기로. 한다.

순자는 영우가 걱정되어 내일 하루에 딱 한 번 있는 중환자실 오전 10시 면회를 춘복과 함께 가 보기 위해서다.

그리고 나서 순자는 다시 침대에 몸을 눕히려는데 방문으로 '똑똑' 두 번 노크 소리가 들렸다.

방문을 열어 보니 엉거주춤 영우 할아버지가 불안하게 서 있었다.

"이 저녁에 지금 영우 어린이집 원장이 내 방으로 찾아 왔는데, 민석이 엄마가 이 얘기 좀 들어줬으면 해서. 내가 지금 경황이 없고, 힘이 빠져서 해야 할 말을 제대로 할 수 있기는 할까 해서. 민석이 엄마가 좀 도와주면 고맙겠어."

춘복은 겨우겨우 말을 이어 나갔다.

"아유, 그럼요. 그럼. 당연히 제가 가서 영우가 사고 난 자초지종을 자세히 들어 봐야지요. 원장님 기다릴 텐데 어서 같이 가 봐요, 영우 할아버지."

순자는 자신에 방에서 나와 신발을 얼른 신고 춘복의 팔을 부축하여 401호 춘복의 방으로 들어갔다. 낮에 병원에서 잠깐 봤던 원장의 얼굴이 이제야 눈에 들어온다.

키는 자그마하고 검은 뿔테 얇은 안경을 쓰고 있는 원장은 대략 50

대 후반쯤 되어 보인다.

순자와 춘복이 방에 들어서니 원장은 고시원 맨 방바닥에 앉아 있다가 벌떡 일어섰다.

어린이집 원장은 춘복과 순자를 보더니 고개를 숙인다.

"죄송합니다. 정말 죄송합니다. 영우 할아버님. 영우 상태가 저 정도가 될 줄은……. 할 말이 없습니다. 정말."

순자가 보기엔 진땀을 흘리며 어쩔 줄 몰라 하는 원장의 표정과 사과의 말은 진짜 진심을 담은 듯했다.

영우 할아버지는 아무 말도 하지 않고 어린이집 원장의 말을 잠자코 듣고만 있다. 원장은 그런 영우 할아버지를 보며 계속해서 말을 이어 나갔다.

"지금 무슨 말씀으로도 위로가 되지 않는다는 걸 다 압니다. 그래도 제가 이렇게 직접 찾아와서 뵙는 게 당연한 도리인 것 같아서요. 어린이집 점심시간에 식당으로 내려갈 때 아이들이 계단을 통해서 내려가니 아이들의 안전을 위해 다른 장소보다 교사들을 더 많이 배

치했어야 했는데 다 원장인 저의 불찰입니다.

 사고가 잠시 잠깐 사이에 그렇게 크게 일어날 줄 몰랐습니다. 정말 다시 한 번 거듭거듭 사죄드립니다. 우리 영우, 반드시 깨어날 거예요. 영우 할아버지. 치료비, 수술비를 비롯해서 완치 후에도 각종 재활비를 책임질 것이고, 그 외에도 위로금까지 저희 어린이 집에서 보상을 해 드릴 예정이니 일단 병원비는 전혀 걱정을 안 하셔도 됩니다."

 춘복은 원장의 긴 설명에도 아무 대답도 하지 않고 그저 무표정하게 듣고만 있다.

 어린이집 원장에게 조금이라도 화를 내지도, 큰소리 한 번 전혀 내지도 않은 채, 춘복이 아무 말이 없자 순자가 대답한다.

 "일이 이미 이렇게 된 거 시간을 되돌릴 순 없고, 영우가 어서 깨어나 회복해서 정상 생활이 가능할 때까지 어린이집에서 끝까지 우리 영우를 꼭 책임을 져 주셨으면 해요."

 순자는 애써 자신의 사투리 말투를 누르고, 표준말로 차근차근 느리게 이야기했다.

"당연하지요. 그럼요. 그 부분에 대해서는 아무 걱정 안 하셔도 됩니다. 착하고 이쁜 우리 영우가 어서 빨리 일어나 다시 어린이집을 오기만을 진심으로 바랄 뿐입니다."

아담한 체구의 영민해 보이는 원장은 또박또박 힘주어 얘기했다.

순자도 원장의 말을 다 알아들었다는 듯 고개를 끄덕인다.

"예, 그럼 잘 알겠습니다. 저흰 원장님만 믿고 기다리겠습니다. 늦었으니 원장님도 그만 들어가 보세요."

춘복이 해야 할 말을 순자가 대신 말한다. 춘복은 말 한마디 없이 여전히 넋이 나간 얼굴을 하고 있다. 어린이집 원장은 그런 춘복을 보며 자신의 진심을 담아 춘복의 손을 꼭 잡았다.

"영우 할아버지, 우리 영우 꼭 일어나요. 걱정 마세요, 네?"

다시 한번 원장은 춘복의 초점 없는 눈동자를 바라보며 이야기했다.

순자는 그런 춘복의 눈동자를 보니 덩달아 맥이 빠져 바닥에 그대로 주저앉고 싶어진다.

'영우 할아버지의 고통의 크기를 어느 누가 감히 가늠할 수 있는가.'

 순자는 무거운 가슴을 떠안고 405호실 자신의 좁은 방으로 들어가며 생각했다.

혁진의 방

혁진은 자신의 오토바이 퀵 배송 일의 무난한 하루 일과를 마치고 고시원으로 돌아왔다.

오늘도 유미가 시험 준비 중인데도 불구하고 정성스레 싸 준 도시락을 깨끗이 비우고 고시원 공용 부엌으로 가서 빈 도시락 설거지를 직접 한다.

깨끗이 씻은 빈 도시락을 들고 301호 유미의 방 문앞에 살짝 도시락통을 두고 가려는데 그때 갑자기 방문이 열리고 유미가 얼굴을 내민다.

"깜짝이야. 놀랬네. 유미 공부 방해될까 봐 살짝 두고 가려고 했는데 나 온 줄 어떻게 알았어?"

혁진이 유미에게 말했다.

혁진은 방문을 열고 나온 유미를 보자, 한동안 일부러 보지 못했는데 그리움과 반가움이 한꺼번에 물밀 듯이 몰려왔다.

'아, 내가 이 여자를 정말 사랑하고 있구나.'

혁진은 확신이 들었다.

"너 들어올 때 창문으로 밖에서 오토바이 시동 끄고 들어오는 거 봤어."

유미의 얼굴이 어쩐 일인지 근심이 가득하다. 혁진은 그런 유미의 모습을 보고 걱정이 되어 물었다.

"왜, 공부가 잘 안 돼?"

그러자 유미는 큰 눈망울에 눈물이 가득 고여 울먹이며 말했다.

"영우가, 401호 춘복 할아버지네 영우가. 어린이집에서 머리를 많이 다쳐서 아직까지 의식이 없대. 어떡해? 우리 착한 영우…… 어떡하지?"

그 말을 들은 혁진도 가슴이 철렁 내려앉는다.

늘 무뚝뚝한 혁진에게 먼저 성큼 다가와 줬던 영우.

만날 때마다 혁진의 마음에 따뜻한 온기를 가득 채워 주었던 천사 같던 영우.

낡고 오래된 어른들밖에 살지 않는 이 고시원의 눈부신 햇살 같은 유일한 아이.

혁진은 어릴 때 병으로 죽었던 형이 생각나면서 갑자기 불안해진다. 그리고 뒤이어 드는 생각은 세상은 늘 여전히 불공평하다는 생각을 한다.

도대체 이 무지하고 해맑은 어린 생명에게 왜 이런 가혹한 일이 벌어진 것일까.

혁진은 영우의 일이 마치 자신의 일처럼 슬픔으로 다가와 가슴이 아려 온다.

혁진은 울먹이는 유미의 어깨를 감싸 주며 위로한다.

"걱정하지 마. 영우 곧 깨어날 거야. 영우 깨어나서 중환자실에서 일반실로 병실 옮기면 그때 같이 영우 보러 가자, 응? 걱정 말고 넌 하던 공부 열심히 하고 있어. 영우도 그걸 원할 거야."

혁신의 말에 유미는 애써 참았던 눈물을 봇물처럼 터트린다.

"내 바로 옆에 붙어서 그림 그리던 영우가 이렇게 눈에 선한데 말도 안 돼. 영우가 그런 일을 당하다니. 혁진아! 나 마음이 너무 불안해. 영우, 영영 못 깨어나는 거 아니겠지? 그렇지?"

하염없이 유미는 눈물을 흘렸다. 그런 유미를 혁진은 더 꽈악 껴안아 준다.

"아니야, 영우 꼭 일어날 거야. 두고 봐."

유미에게 얘기하는 혁진은 그 말이 현실이 되기를 바라고 또 바란다. 혁진은 유미를 그렇게 달래 주고 자신의 방으로 들어온다.

'우리가 그렇게나 지루해하던…… 삶의 염증으로 가득 찼던 하루하루의 일상들이 누군가에겐 참으로 귀하고 절실한 시간이었구나.'

혁진은 생각한다.

지금 이 순간의 1분 1초가 영우에겐 너무나 중요한 시간들이다.

영우의 그 사투의 시간들이 '회복'의 시간이 반드시 되기를 지금껏 살아오면서 무신론자였던 혁진은 마음속으로 간절히 기도했다.

room 35

유미의 방

　영우가 어린이집 계단에서 굴러 의식이 돌아오지 않은 지 벌써 사흘이 지나간다.

　병원에서는 CT와 MRI 등 여러 정밀 검사를 다시 진행하여 뇌좌상인 뇌부종을 가라앉히기 위해 고농도 포도당, 덱사메타론을 투약해 손상된 전체적인 뇌의 혈액 순환이 거의 정상적으로 되돌아오게 했다.

영우의 머리뼈에 작은 구멍을 내어 관을 넣어 혈종을 뽑아내는 수술 또한 잘 마무리되어 영우의 의식이 회복되기만을 모두 기다리고 있는 상태다.

그런데 영우는 왜 아직도 여전히 깨어나지 못하고 있는 것일까.

개인 시간이 그나마 자유로운 403호 은재 언니가 춘복 할아버지와 수술방 앞에서 함께 있어 주었고, 어쩔 수 없이 집에서 공부만 해야 하는 유미에게 영우의 상태에 대해 자세한 상황을 은재 언니가 전달해 주었다.

은재 언니는 첫인상이 하도 차가워 처음엔 말도 못 건네는 사이였는데 춘복 할아버지네 영우로 인해서 차츰 가까워졌다.

정이 없어 보였던 은재 언니는 유미가 알고 보니 사실은 세심하고 다정한 사람이었다.

405호 순자 아줌마도 수술 다음 날에 은재 언니와 교대로 병원에 서로 오고 갔다.

가난하지만 착하고 선한 사람들이라고 유미는 생각한다.

영우가 수술을 성공적으로 마쳤음에도 불구하고 아직도 깨어나지 못하고 있어 유미는 시험이 이제 코앞인데도 공부가 전혀 손에 잡히지 않는다.

그때, 유미의 방문을 '똑똑똑똑' 네 번을 빠르고 다급하게 두드리는 소리가 들렸다.

유미는 다급하게 문을 두드리는 소리에 본능적으로 덜컥 놀란 가슴을 안고 재빨리 방문을 열었다.

문밖에는 듬직한 체구의 405호 순자 아줌마가 숨을 헐떡거리면 서 있었다.

"왜요? 영우 상태가 안 좋대요?"

병원에서 왔을 법한 바깥 차림의 순자 아줌마를 보고 자신이 먼저 얘기를 꺼낸다.

그러자 한참을 숨을 고르고 난 후에 순자 아줌마가 말한다.

"유미야아. 영우가, 우리 영우가 의식이 돌아왔단다. 오메, 세상에."

순자 아줌마가 눈물이 눈가에 그렁그렁 맺혀서 유미에게 얘기한다.

그 얘기를 전해 들은 유미는 방금 전의 불안감이 안도의 한숨으로 바뀌어 갑자기 다리에 힘이 풀렸다.

"정말이요? 그게 정말이에요? 그럴 줄 알았어요. 천사 같은 우리 영우 반드시 일어날 줄 알았어요."

유미는 말하며 영우의 소식을 전해 준 순자 아줌마를 덥석 껴안았다.

그동안의 애씀으로 인해 긴장이 풀렸는지 순자 아줌마는 유미의 품에서 아이처럼 엉엉 울어 버리고 만다.

작은 체구의 유미가 듬직한 순자 아줌마의 등을 하염없이 쓸어내리며 얘기했다.

"애쓰셨어요. 그간 순자 아줌마가 제일 노심초사하면 애쓰신 거 우리가 더 잘 알아요. 순자 아줌마가 안 계셨더라면 춘복 할아버지는 분명 버텨 내시지 못하셨을 거예요. 정말 감사드려요. 순자 아줌마의 지극한 정성으로 우리 영우가 일어난 거예요. 그동안 고생 많으셨어요, 정말."

그런 유미의 말에 순자 아줌마는 더 흐느끼며 울음을 멈추지 못했다.

"내는 우리 영우가 혹시라도 민석이처럼 되불까 봐 월매나 내가 하루하루 마음을 졸였는지 니는 모른다이."

순자 아줌마는 유미에게 말한다.

순자와 유미는 유미의 방문 앞에서 서로를 꼭 껴안아 주며 그렇게 한참을 서 있었다.

room 36

춘복의 방

　영영 이대로 다시는 못 일어날 줄만 알았던 영우가 기적처럼 그렇게 다시 일어났다.

　춘복은 영우가 쓰러지고 난 후 다시 깨어나기까지 그 짧았던 시간들이 마치 긴 악몽을 꾼 것처럼 천년의 세월을 거쳐 간 꿈만 같다.

　영우가 사고가 난 후 다음 날부터 중환자실에서 수술실로 옮겨 의식이 돌아와 일반 병실로 옮길 때까지.

 춘복은 한 번도 맘 편히 의자에 등을 기대고 앉아 본 적이 없었으며, 맘 편히 두 다리를 뻗고 자 본 일도 없었다.

 기적적으로 영우가 뇌수술을 무사히 마치고 의식이 돌아와 일반 병실로 옮기게 되고서부터 춘복은 이제 자신이 정말 죽어도 여한이 없다는 생각을 했다.

 영우가 의식이 돌아왔다는 말을 간호사에게 전해 듣고 한걸음에 달려간 춘복은 자신의 귀로 영우의 입에서 "할아버지!"라는 똑똑하고 선명한 발음을 확실히 들었다.

 그 꿈같은 소리를 들은 춘복은 영우를 안고서 소리 없는 눈물을 한없이 흘렸다.

 어제 일반 병실로 옮긴 영우는 오늘 오전에 미음부터 시작해서 저녁에는 흰죽을 먹을 수 있게 되었다.

 혈색도 많이 좋아진 영우는 영우의 담당 의사의 말대로라면 죽을 먹고 난 후 별다른 구토 증상만 없다면 이제 걱정할 일은 없다고 했다.

지금 영우는 의사의 말대로 저녁 식사로 나온 흰죽을 아주 잘 먹고 있는 중이다. 구토 증상도 전혀 없이 말이다.

춘복은 몇 번이고 믿지도 않았던 하나님을 찾으며 맘속으로 '감사합니다. 정말 감사합니다'라고 천번 만번 그렇게 되뇌었다.

아무것도 들어간 것 없는 흰죽을 싹 비우고 난 뒤 영우가 말했다.

"할아버지! 저 엄청 많이 자고 일어난 것 같아요. 어린이집 계단에서 제가 넘어진 것까지만 기억나고, 전 지금까지 계속 잠만 잔 거 같아요. 그리고 지금 영우 하나도 안 아픈데 할아버지랑 집으로 가면 안 돼요?"

영우는 참으로 해맑게도 얘기한다.

고시원 좁디좁은 방을 집이라고 표현하는 영우를 보니 춘복은 문득 쓸쓸해졌다.

'진통제가 들어가니 통증을 지금 영우가 못 느껴서 집엘 가자고 하

는 게구나.'

춘복은 생각한다.

여하튼 죽도 잘 먹고, 올바른 정신으로 또박또박 말하는 영우를 보니 춘복은 이제야 한시름이 놓인다.

"영우야. 지금은 영우가 밥도 잘 먹고, 잘 자고, 약도 잘 먹으면 이 할애비랑 얼른 집에 갈 수 있을 거야."

춘복은 하얀 붕대가 칭칭 감겨져 있는 영우의 머리를 부드럽게 어루만지며 얘기했다.

영우가 다니던 어린이집에서 영우를 돌볼 간병인을 보내 줬는데도 춘복은 한사코 거절하며 그 자리에서 돌려보냈다.

영우를 제 눈으로 보고 만지며 영우가 회복되는 과정을 직접 지켜보리라고 맘속으로 다짐한 춘복이기 때문이다.

영우는 그렇게 일반 병실에서 지내면서 각종 검사를 마지막으로 다 받은 후, 정확하게 열흘 뒤 드디어 퇴원을 할 수 있게 되었다.

영우가 퇴원을 하는 날, 어린이집 원장이 직접 차를 몰고 영우를 데리러 와 주었다. 양손에는 여러 가지 과일과 고기가 든 큰 봉투를 가지고. 고시원 방까지 영우를 조심스럽게 부축해 데려다준 원장은 춘복의 고시원 방 안 책상 위에 춘복이 못 본 사이 흰 봉투 하나를 두고 나갔다.

춘복은 원장이 사 가지고 온 쇠고기를 다진 당근과 양파를 넣고 정성스럽게 볶아 쇠고기 야채죽을 곱게 쑤어서 영우에게 먹인 후, 그제야 책상 위에 놓여 있는 흰 봉투를 발견했다.

봉투 안엔 작은 쪽지와 함께 오만 원권 100장이 들어 있었다. 쪽지에는 이렇게 적혀 있었다.

'영우 할아버님. 그동안 맘고생, 몸 고생 많이 하셨어요. 그 무엇으로도 영우 할아버님의 놀란 가슴이 한동안 쉽게 진정되시지 않으시겠지만 영우가 이렇게 보란 듯이 깨어나서 정상으로 되돌아온 것이 저는 그저 한없이 기쁘고 감사하기만 합니다. 약소하지만 영우가 완전히 회복될 때까지 영양가 있는 음식 잘 먹여 주세요. 그리고 무엇보다 영우 할아버님의 건강도 잘 챙기시구요. 그간 정말 고생 많으셨고, 지금까지 단 한 번도 역정 내시지 않으신 점도 진심으로 감사 올립니다.
-샛별 어린이집 원장 올림-'

이 쪽지를 본 춘복은 돈을 다시 얼른 봉투에 도로 담아 버린다.

내일 어린이집을 찾아가서 이 봉투를 원장에게 다시 돌려주기로 마음먹으며, 춘복은 영우의 양치질을 직접 시킨 후, 춘복이 새로 빨아 놓은 이불 위에 영우를 조심히 눕혔다.

어느새 잠들어 있는 영우를 바라보면서 이젠 살면서 춘복은 지금처럼 더 놀랄 일은 앞으로 없을 것 같다는 생각이 들었다.

그렇게 춘복은 춘복 마음에 굳은살이 생겨 더 큰 일이 생긴다 해도 무너지지 않을.

영우를 지킬 수 있다는 전에 없던 자신감과 더불어 춘복에게 예전보다 더 단단해진 마음이 자리 잡은 듯했다.

은재의 방

 은재는 어릴 적부터 기질적 태생 자체가 내적인 성향이 더 강한 사람이었다.

 자신의 딸에게 무덤덤했던 나이 든 아버지와 늘 냉담하고 엄했던 나이 든 어머니 밑에서 자란 은재는 본인의 선천적인 기질과 더불어 자신 안에 꽁꽁 더 깊숙이 숨어서 자신을 남에게 잘 드러내지 않았다.

그러했던, 그렇게 살아왔던 은재는 이 고시원 좁은 방에 들어와 살면서 생판 남이었던 이들과 정을 나누게 될 줄 알았을까?

춘복 할아버지와 함께 영우의 수술실 앞에서 긴 시간을 그렇게 한마음으로 버텼다.

허리 굽은 노인이 자신의 하나밖에 없는 손자가 생사를 넘나들며 수술실에서 긴 시간 나오지 않을 때, 잔뜩 겁에 질린 표정을 하고서 덜덜 떨고 있는 타인의 쭈글쭈글하고 거친 손을 놓지 않고 수술 시간 내내 꼭 잡아 주었던 일을 겪고 나서야 은재는 처음 알아차렸다.

알고 보니 자기 자신은 어설프더라도 따뜻한 온기가 있는 사람이었다는 것을……

춘복의 손을 맞잡고 은재의 가슴속 어딘가로 한 줄기 빛이 관통하며 지나갈 때, 은재는 이때껏 살면서 느껴 보지 못했던 알 수 없는 희열을 느꼈다.

그동안 값어치 없게만 느껴졌던 자기 자신이 어느 누군가에게 보이지 않는 큰 힘이 되어 준다는 것에, '글쓰기'에서밖에 느껴 보지 못했던 환희를 타인과의 관계에서도 느낄 수 있다는 것을 은재는 지금껏 살면서 새삼 처음 깨달은 것이다.

그리고 이렇게 영우가 건강하게 다시 무사히 돌아올 수 있게 됨 또한 은재는 그저 더없이 감사할 뿐이었다.

한창 생각에 잠겨 있던 그때, 은재의 방문을 두드리는 소리가 들렸다. 시간이 벌써 어느덧 저녁나절이 되어 있었다.

문을 열어 보니 환한 미소를 짓고서 유미가 은재의 방문 앞에 서 있었다. 이렇게 항상 미소를 잃지 않는 유미를 은재는 닮고 싶어진다.

"언니! 글 쓰시는 중이세요? 춘복 할아버지 방에 우리 잠깐 영우 보러 같이 안 가실래요? 밖에 혁진이도 같이 와 있어요."

유미는 말했다.

"응, 그래. 같이 영우 보러 가자."

좁은 방 작은 벽 거울에 자신의 얼굴을 비춰 보며 은재는 자신의 숏커트 머리를 손가락으로 쓸어내려 모양새를 가다듬고 방을 나온다.

그렇게 은재, 유미, 혁진은 함께 401호 춘복 할아버지 방으로 향했다.

401호 방문을 두드리니 춘복 할아버지가 문을 열어 주었다.

셋이서 방으로 들어가 보니 마침 405호 순자 아줌마가 영우에게 저녁밥을 먹여 주고 있었다.

은재, 유미, 혁진이 춘복 할아버지 방으로 들어서니 영우가 밥을 먹다 말고 벌떡 일어났다.

"이모! 삼촌!"

영우는 그 작은 품으로 은재, 유미, 혁진을 동시에 감싸 안으며 꼬옥 껴안았다.

"너무 보고 싶었어요. 저 병원에 있는 동안 다들 잘 지내셨어요?"

어린 영우가 이야기한다.

영우는 그날의 사고 이후 부쩍 더 어른스러워진 것 같았다.

은재는 그런 영우를 보고 속으로 왈칵 눈물이 났지만 애써 참는다.

춘복 할아버지를 바라보니 이제는 비로소 편안해진 흐뭇한 미소를 짓고 계신다.

영우까지 이 좁은 방에 여섯 명이 함께 다 모이니 방 안이 사람들로 금세 꽉 찼다.

401호 춘복의 좁은 방은 온정과 사람 냄새로 가득해졌다.

비록 방은 좁다 해도 여기 있는 다섯 명의 사람들의 영우를 생각하는 마음은 이 세상 그 무엇보다 넓다는 걸 은재는 깨닫는다.

이 좁은 방이라 할지라도 개개인의 귀한 존엄성은 결코 해치지 못한다는 것을.

room 38

순자의 방

오늘은 순자의 쿠팡 물류센터 일정이 야간조이다.

야간조 출근 전에 영우한테 들러서 순자는 영우의 저녁밥을 직접 자신이 챙겨 주고 가려고 한다.

방금 막 지어낸 따끈따끈한 쌀밥 두 공기와 영우가 좋아하는 돼지고기 안심 장조림에 메추리알까지 넣어 조린 것과 검은 콩자반을 들고 401호 문을 두드리려고 하니, 마침 밥을 안치려고 춘복이 방문을 열고 나왔다.

"영우 할아버지, 제가 장조림이랑 밥 두 공기 같이 해서 가져왔어요. 오늘은 저녁밥 안 지으셔도 돼요."

순자는 춘복에게 환하게 웃으며 얘기했다.

"어이구, 이렇게 매번 받기만 해서 미안해서 어쩌누. 다음부터는 이러지 말아요, 민석 엄마."

춘복은 겸연쩍어하며 401호 방문을 열어 주었다.

고시원 침대 위에 앉아 있었던 영우가 순자를 보더니 "순자 아줌마!"라고 부르며 무척이나 반가워하는 모습에 순자의 마음 또한 이내 즐거워진다.

"아이고, 울 이쁜 강아지, 배 많이 고프재? 아줌마가 우리 영우 좋아하는 장조림 해 왔다이. 언능 밥 묵자이."

순자가 답한다.

고시원 침대에 밥과 반찬을 올린 쟁반을 놓고서 순자는 영우에게 자신이 직접 밥을 먹였다.

밥을 잘 먹는 영우의 모습을 본다.

'무엇이든 간에 잘 먹는 우리 착한 영우.'

영우에게 밥을 먹이며 속으로 생각하다 또 가슴속 깊은 곳에서 울컥 순자의 아들 민석이가 떠오른다.

'우리 민석이도 돼지고기 장조림을 잘 먹었재. 장조림 국물까지 밥에다 부어 밥풀 하나 없이 싹 비벼 묵었는디.'

순자는 속으로 생각하다가 이번에 민석이가 있는 [누리원]으로 갈 때는 돼지고기 안심 장조림을 만들어 가야겠다고 다짐한다.

그렇게 순자가 영우에게 밥을 먹이고 있는 중에 401호 방문을 '똑똑' 두드리는 소리가 들렸다.

고시원 맨바닥 벽에 기대어 앉아 있던 춘복이 일어나 방문을 열어 보니, 403호에 사는 은재 처녀와 301호에 사는 유미 학생, 304호에 사는 혁진 총각 이렇게 세 명이 서 있었다.

늘 인사성 밝은 유미가 말문을 먼저 열었다.

"우리 잠깐 영우 보러 왔어요. 어머! 우리 영우 밥 먹고 있었네."

그때 403호 은재 처녀가 흰 봉투 하나를 춘복에게 내밀었다.

"이거 얼마 안 되지만 저희 셋이 조금씩 모아 넣었어요. 우리 영우 좋아하는 참외 사 먹이시라구요."

봉투를 내밀면서 은재는 말한다.

"오메, 이렇게 착헌 젊은이들. 어째 마음 씀씀이가 요즘 젊은 사람들 같지 않게 얼굴 모양새처럼 저러코롬 이쁘까이."

춘복 대신 순자 자신이 먼저 말을 한다.

한사코 봉투를 안 받으려는 춘복의 주머니에 순자가 봉투를 반으로 접어 자신이 직접 넣어 준다.

"영우 할아버지, 젊은 사람들 성의를 그렇게 안 받아 주시믄 그것도 예의가 아니여라. 얼른 받아서 자네들 말대로 영우 싱싱한 과일 좀 사 주쇼이."

순자는 웃으면서 말했다.

"나 이거 참, 정말 염치가 없어서. 내가 이렇게나 늙어서 이 은혜를 언제, 어떻게 갚을 수 있을는지."

춘복이 내심 편치 않은 표정으로 얘기한다.

"서로 돕고 사는 것이 사람 사는 것 아니다요. 영우 할아버지가 근강하고 영우가 잘 커 주면 그것이 은혜 갚는 일이 랑게요."

순자가 답한다.

순자의 사투리 말투에 401호실 안에 있는 사람들 모두가 크게 웃는다.

이렇게 초여름 저녁은 401호에 모인 선한 고시원 사람들과 더불어 그렇게 저물어 갔다.

모두들 너 나 할 것 없이 정이 꽉 채워진 마음과 더불어.

room 39

혁진의 방

어제저녁 나절에 혁진이 보았던 일기 예보에서처럼 오늘 아침은 7월 초부터 때 이른 장마가 시작되었다.

혁진이 하는 일인 오토바이 퀵 배송일은 눈비가 오는 날씨에는 매우 취약하다.

눈이 폭설로 내릴 때는 염화칼슘이 뿌려진 도로만을 조심히 다녀야 했고, 오늘처럼 장대비가 쏟아지는 날에는 눈길과 마찬가지로 길도 미끄러울 뿐만 아니라 퀵 배송 물건인 종이 서류나 휴대폰 등이 들어 있는 오토바이 탑박스 안에 빗물이 새어 들어가 젖어 버리기 십상이다. 그래서 오늘처럼 비가 많이 오는 날은 배송 물건을 일일이 비닐 포장하는 일도 덤으로 해야 할 일이다.

오늘도 혁진은 PDA 단말기로 오더를 받은 배송 물품을 사무실 안에서 하나하나 일일이 정성스럽게 비닐로 쌌다.

오늘 오더 받은 배송 물품은 여성용 반지갑, 서류가 들어 있는 가방, 가죽으로 된 손목시계, 휴대폰이 두 개가 있다.

각자 무슨 이유가 있는지 모르지만 비용이 비싼 퀵 배송을 이용해서라도 우체국 택배가 아닌 오늘 반드시 받아야 하는 물품 종류일 것임에 틀림이 없다.

그래도 오토바이 퀵 배송일의 장점 중 하나는 가끔씩 무거운 과일 박스를 제외하고는 거의 주요 문서 서류, 고객들이 모르고 집에 두고 온 휴대폰이나 지갑 등 부피나 무게를 크게 차지하지 않는 물품들을 주로 배송한다는 점이다.

쿠팡 물류센터에서 소위 '까데기'라고 불리는 일인 무거운 물류를 탑차에 올리고 내리는 작업에 비하면 혁진의 일은 훨씬 수월한 일임을 잘 알고 있다.

혁진의 계획대로라면 앞으로 3년 반만 일감을 전보다 더 많이 잡아 빠듯하게 부지런히 일하고 절약하면 4년 뒤에는 빚을 다 갚고 버는 돈을 온전히 저축에만 전념할 수 있다. 사랑하는 유미와 혁진 자신의 미래를 위해서 말이다.

그래서 오늘도 혁진은 습하고 끈적한 오늘 같은 날씨에도 묵직한 헬멧을 쓰고 장대비를 맞아 가며 열심히 일하는 이유이다.

비를 잔뜩 맞으며 퀵 배송 오전 일과를 마친 혁진은 점심으로 근처에 있는 중국집에서 짬뽕 한 그릇을 간단히 먹기로 한다.

중국집 식당에 도착해 식당 제일 구석진 곳에 자리를 잡은 혁진은 그제야 빗물이 뚝뚝 떨어지는 무거운 헬멧을 벗은 후 중국집 테이블 위에 올려놓았다.

그러자 잠시 후 중국집 식당 남자 직원으로 보이는 듯한 사람이 걸어오더니 사무적인 말투로 얘기했다.

"저희 식당 상판이 대리석이라서 무게가 나가는 물건을 올려놓으시면 안 됩니다. 스크래치가 날 수 있어서요."

"아, 죄송합니다. 바로 치울게요."

혁진은 헬멧을 의자 위에 내려놓았다.

헬멧에 남아 있던 빗물이 의자에 떨어지는 것을 본 중국집 식당 직원은 혁진 자리로 와서 소리 나게 물컵을 탁 내려놓고 인상을 찌푸리며 가 버렸다.

잠시 후, 혁진은 자신의 테이블에 주문한 짬뽕이 나왔는데도 기분이 망쳐 버려 먹을 기분이 나지 않는다. 그래도 나온 짬뽕을 혁진은 단지 돈이 아깝다는 이유만으로 억지로 꾸역꾸역 목구멍에 밀어 넣다시피 하고 재빨리 헬멧을 집어 들고 중국집에서 나와 버렸다.

혁진은 오토바이 퀵 배송을 하면서 별의별 진상 고객들도 다 만나 봤는데 이 정도쯤이야 아무것도 아니라고 스스로를 억지로 위로한다.

궂은 날씨처럼 오늘은 혁진의 기분도 덩달아 좋지 않다. 어서 오후 일과를 마치고 서둘러 유미가 있는 고시원으로 가고 싶어졌다.

아직도 마르지 않은 젖은 헬멧을 겨우 뒤집어쓰고서 혁진은 미끄러운 위험한 빗길임에도 자신의 오토바이 레버를 힘껏 당겨 힘차게 도로를 달렸다.

목구멍에 얹힌 듯한 기분 나쁜 짬뽕의 면발이 어서 빨리 위장으로 내려가길 바라며.

유미의 방

귀가 따갑도록 매미가 사납게 울어 대던 8월의 어느 날,

유미는 떨리는 마음으로 7급 행정직 공무원 합격자 발표를 온라인으로 확인했다.

그러나 아무리 눈을 씻고 찾아봐도 유미의 이름과 번호는 어디에도 없었다.

유미는 순간 눈앞이 캄캄해진다.

마치 환했던 방 안이 갑자기 정전이 돼 버린 것처럼 유미는 정신이 혼미해지고 아득해졌다.

그렇게 노력했건만 그렇게 오랜 세월을 포기하지 않고 도전했건만.

유미가 그토록 간절하게 원하던 7급 공무원 시험에 결국은 또 다시 떨어지고 말았다.

억울해서 눈물이 나는지, 혁진이 떠올라서 눈물이 나는지, 유미는 눈물이 왜 이렇게 흐르는지 유미 자신도 알 수가 없었다.

그렇게 한참을 울던 유미는 흐르는 눈물, 콧물을 책상 위에 있는 휴지를 꺼내 거칠게 닦아 내고선 퉁퉁 부은 눈을 하고서 내년 봄 3월에 있을 9급 국가직 공무원 시험을 즉시 알아본다.

지금의 슬픔과 좌절은 여기까지만이라고 생각하고 매사에 긍정적이고 낙천적인 성향을 가진 유미는 다시 오뚜기처럼 일어나기로 한다.

유미는 내년 초 9급 국가직 공무원 시험은 분명히 합격할 수 있으리라 확신한다.

7급 행정직을 7년 넘게 준비해 온 과정이 유미는 고생스럽고 아까웠지만, 여주에 계시는 부모님 뵐 낯이 없어 또다시 떨어질 순 없는 일이었다.

현실을 냉정하게 받아들이고 9급 국가직 공무원 시험에 합격해서 그 나름대로 열심히 행복하게 살면 그만인 것이라고 유미는 스스로를 그렇게 위로했다.

7급 공무원이란 타이틀에 이젠 더 이상 연연하지 않기로.

8월 한낮 중복인 찌는 듯한 더운 날씨에 작은 선풍기 하나만 돌아가는 뜨거운 고시원 좁은 방 안에서 유미는 그렇게 마음속으로 다짐한다.

그때 유미의 휴대폰에서 전화벨이 울렸다.

혁진이었다.

유미는 처음엔 마음이 심란한 상태라 혁진의 전화를 받지 않으려다가 몇 번 벨소리가 더 울리고 전화를 받는다.

"어떻게 됐어? 발표 났어?"

혁진은 조심스럽게 유미에게 묻는다.

"으응, 떨어졌어."

유미는 짐짓 밝은 목소리로 혁진에게 애써 담담한 말투로 얘기했다.

"……."

"여보세요?"

혁진이 잠자코 아무 말이 없자 유미가 먼저 말을 걸었다.

"혁진아, 나 정말 괜찮아. 처음에 발표 난 거 보고 나도 많이 실망했지만 이 삼복더위에 한바탕 울고 나니 오히려 기분이 훨씬 나아졌어. 나 그냥 내년 3월 초에 9급 국가직 공무원 시험 응시할 거야. 교

만한 마음은 아니지만 꼭 합격할 수 있으리라 믿어."

"유미 네가 괜찮다면 나는 아무렇지도 않아. 네가 상처를 많이 받았을까 봐. 난 그게 더 마음이 아파서. 그래서 속상한 마음이 들었던 거야. 괜찮아, 유미야. 그동안 공부하느라 정말 고생 많았어."

말이 없었던 혁진은 유미에게 진심을 담아 위로의 말을 건넨다.

"내가 일을 더 많이 해서 얼른 남은 빚 갚고 하루빨리 자리 잡을 테니까 유미는 아무 걱정 하지 마. 나만 믿고 있어. 유미야."

덧붙이는 혁진의 말에 유미의 눈에선 억지로 참았던 눈물이 봇물처럼 터져 나왔다.

이젠 그 눈물이 슬픔의 눈물이 아닌, 기쁨의 가득 찬 눈물로 바뀌어.

유미의 방

(room 41)

춘복의 방

영우가 어린이집에서 사고가 난 지 벌써 50여 일이 다 되어 간다.

원장이 건네준 오백만 원을 다시 어린이집에 되돌려 주고 온 춘복.

한동안 폐지 줍는 일을 못 나가고 한 달 넘게 고시원에서 영우를 돌보고 있으려면 돈이 필요한 건 사실이었다. 춘복이 폐지를 주워 땀 흘려 1년 넘게 영우를 위해 모은 돈이 이제 고작 백오십여만 원. 그금 같은 돈을 어쩔 수 없이 춘복은 생활비에 보태야 했다.

춘복은 생각한다.

'그놈의 자존심이 뭐라고. 우리 영우가 우선인 것을.'

그래도 원장이 준 돈을 다시 되돌려 준 건 춘복은 절대 후회하지 말자고 다짐한다.

'있는 사람이건, 없는 사람이건 간에 자신의 자존심을 지키고자 하는 마음은 인지상정일 터인데.'

이 같은 생각이 드는 춘복은 깊은 탄식과 함께 문득 씁쓸한 마음이 들었다.

이제 영우는 거의 90프로 이상 회복되어 다음 달인 9월부터는 다시 어린이집으로 갈 수 있게 되었다.

영우가 사고가 나고 회복된 후, 눈에 띌 정도로 무척이나 어른스러워졌다.

일곱 살 아이가 하는 말투라고 느껴지지 않을 정도로 어른스럽게 이야기를 하는 영우를 볼 때면 영우를 두고 나가 버린 선영이가 춘복은 더 절실하게 생각이 났다.

오늘은 춘복이 영우가 있는데도 오전이라도 폐지를 주우러 나가려고 한다.

오전 나절은 고맙게도 403호 은재 처녀가 영우를 선뜻 봐주겠다고 해서 미안함을 무릅쓰고 춘복은 고시원 마당에 있는 리어카를 끌고 밖으로 나왔다.

영우를 위해서 춘복은 한 푼이라도 더 벌어야 하기에.

오랜만에 길거리로 나오니 강렬히 내리쬐는 8월의 아침 햇살에 춘복은 잠시 현기증이 난다.

영우 사고 이후 춘복은 갑자기 자신이 백세 노인이 된 것처럼 몸이 급격히 쇠약해졌음을 스스로 느낀다.

한여름 햇빛이 더 강해지기 전에 어서 오전 나절만 폐지를 부지런히 줍고 들어가기로 춘복은 생각한다.

춘복이 리어카를 끌고 가다가 은회색 비둘기가 죽었던 횡단보도가 보이자 순간 멈칫 한다. 그때 일을 생각하면 아직도 춘복은 마음이 움찔해진다.

도로 상점 밖으로 나온 종이 박스가 없는지 노안의 눈으로 굽어 허리를 더 굽혀 찬찬히 살펴보다 횡단보도 쪽으로 고개를 드니, 건너편 횡단보도에 선.영.이. 서 있었다.

'한여름 날이 너무 더워서 내 몸이 너무 쇠약해져서 이제 헛것이 다 보이는구나.'

처음엔 춘복은 그리 생각했다.

춘복이 분명 환영이라고 믿었던 선영이 자신이 있는 쪽으로 걸어오고 있었다.

춘복은 진물이 나는 것 같은 끈적끈적한 눈망울을 계속 끔뻑거렸다.

'아니겠지. 아닐 거야. 선영이를 닮은 여자겠지. 날이 징그럽게 덥긴 더운 모양이구나. 헛것이 보이는 걸 보니.'

선영을 닮은 여자라고 굳건히 생각했던 춘복은 녹색불이 켜진 횡단보도를 다 건너온 그 여자는 확실히 자신의 딸 선영이가 맞았다.

"아버지."

낮게 가라앉은 목소리로 선영인 춘복을 그렇게 부르고 있다.

춘복은 아버지라는 선영의 목소리를 듣고 하마터면 길가에 그대로 주저앉을 뻔한다.

비틀거리며 엉거주춤 아슬아슬하게 서 있는 춘복을 선영이 부축해 준다.

"이렇게 삼복더위에 일하시러 나오시면 어떡해요. 그러다 일사병으로 돌아가시면 어쩌려고."

선영은 눈가에 눈물이 한가득 고인 채 말한다. 그리고 선영 자신이 리어카를 갓길에 세우고 횡단보도 바로 앞에 있는 베이커리 카페로 춘복을 이끌고 들어갔다.

room 42

은재의 방

일주일에 한 번 정도는 노모에게 전화가 오곤 하는데 2주가 넘도록 연락이 없다.

후덥지근하고 습한 고시원 방에서 은재는 문득 걱정이 되어 노모에게 먼저 전화를 걸어 본다.

신호는 가는데 계속 전화를 받지 않는다. 10분 뒤 다시 전화를 걸어 보는데 역시나 전화를 받지 않는다.

그렇게 여러 번을 전화를 걸어 보다가 은재는 갑자기 불길한 예감이 들고 겁이 난다.

시간은 8월의 햇빛이 가장 뜨거운 오후 두시다.

은재는 마음이 갑자기 다급해져 서둘러 옷을 대충 챙겨 입고 엄마가 사는 관악구 은천동 집으로 택시를 잡는다.

택시를 타고 은천동에 내리자마자 허겁지겁 엄마가 사는 집 녹슨 파란 대문을 열어 보니 은재의 나이 든 엄마는 늘 그렇듯이 마당에서 큰 자주색 고무 대야에 마늘을 불려 놓고 굽은 손가락으로 하나하나 까고 계셨다.

그 모습을 보는 순간 은재는 툭 하고 마음이 순간 놓인다.

노모는 그런 은재를 본다.

"연락도 없이 네가 웬일이다냐아?"

아무렇지도 않은 듯 말씀하신다.

"아니, 전화를 제가 얼마나 여러 번 했는데요. 전화를 왜 안 받으세요?"

그러자 은재의 엄마는 무심한 목소리로 말한다.

"전화기가 없어져 부렀다아. 내도 아무리 찾아봐도 없으야."

그 말을 듣고 은재는 속으로 한숨을 내쉬며 들고 온 자신의 가방을 문을 열어 놓은 마루에 내려놓고서 마당 수돗가에서 아무 대꾸도 없이 손을 씻었다. 그리고 난 후, 집 안으로 들어와 여기저기 둘러보며 엄마의 휴대폰을 열심히 찾아본다. 그러나 엄마의 휴대폰은 아무리 찾아봐도 어디에도 없다.

은재는 눈으로 엄마의 휴대폰을 찾으면서 방과 마루를 훑어보니 언제나 정갈했던 평소 때와는 달리 바닥에 먼지와 떨어진 머리카락이 나뒹굴어 다니고 있고 벗어 놓은 옷가지들도 아무렇게나 그대로 흐트러져 있었다.

은재는 곧바로 부엌으로 얼른 가 본다.

싱크대 개수대에는 음식 찌꺼기들이 그대로 덕지덕지 붙어 있는 그릇들이 탑처럼 가득 쌓여 있었다.

은재가 지금까지 살면서 보아 왔던 엄마는 이런 엄마가 아니었다. 비록 나이는 들었어도 살림도 옷차림도 늘 정갈하고 단정했던 엄마였다.

은재는 그 모습을 보고 우선 설거지부터라도 자신이 해야겠다고 생각을 하고 설거지통에 손을 넣는데 무엇인가가 딱딱한 게 손에 잡힌다. 꺼내어 보니 없어진 엄마의 휴대폰이다. 그것도 진동모드로 되어 있는.

은재는 갑자기 싸늘하도록 서늘한 느낌이 들었다. 직감적으로.

팔십이 넘은 엄마 연세에 지금껏 치매 검사를 한 번도 받아 보지 않았다는 게 자식인 은재는 순간 한없이 부끄러워졌다.

갑자기 가슴은 두근두근해지고 걷잡을 수 없는 마음이 온 사방대로 물방울처럼 제멋대로 튀어 나간다.

은재는 애써 정신을 가다듬고 엄마를 모시고 하루빨리 병원에 가

봐야겠다고 생각하며 잔뜩 어질러진 엄마의 집 안을 깨끗이 청소하고 흩어져 있던 옷들을 세탁기에 돌렸다.

한참을 그렇게 일을 다 하고 시간이 한참 흐른 후 마당으로 나가 보니 엄마는 그 자리에서 수억 년 전부터 마늘을 까 왔던 것처럼 고무 대야에 굽은 허리를 하고 고개를 묻고서 지금까지 마늘을 까고 있었다.

마치 당신이 할 수 있는 일은 마늘 까는 일이 다인 것처럼.

은재는 그런 엄마를 보니 가슴이 저며 온다. 그리고 애써 흐르는 눈물을 감추고 말한다.

"엄마! 나 온 지가 언젠데 밥도 안 줘요?"

그때 마늘을 까던 엄마는 얼굴을 들고 대답도 없이 은재를 무심히 쳐다본다.

이젠 엄마의 눈동자에는 더 이상 예전의 총기와 영민함은 어디에도 찾아볼 수 없었다.

그 맥없이 늘어진 초점 없는 눈동자를 봐 버린 은재는 그대로 마당에 주저앉고 싶어졌다.

room 43

순자의 방

영우가 회복되고 일상생활을 할 수 있게 된 것을 본 순자는 이제야 한시름이 놓인다.

아주 잠시라도 그동안 영우를 곁에서 챙겨 주다 보니 순자는 자신의 아들 민석이가 더 그립다.

민석이가 있는 [누리원]에서 어서 빨리 순자가 할 수 있는 일이 생기면 더 이상 순자는 바랄 것이 없겠다는 생각을 한다.

숙식이 제공되는 [누리원] 공용 식당에서 주방 일을 하게 되든, [누리원] 장애인 복지관에서 청소 일을 하게 되든, 아무리 힘든 일이라도 순자에게 전혀 상관이 없다는 생각을 한다.

아들 민석이를 하루라도 거르지 않고 매일 아침 눈을 뜨자마자 직접 민석이를 보고, 만지며 생생하게 들여다 볼 수 있다면 말이다.

민석이를 향한 그런 간절한 마음을 품고서 순자는 찌는 듯한 8월의 더위에 변함없이 오후 나절에 쿠팡 물류센터로 출근을 한다.

순자가 오늘 배정받은 조는 야간조이다. 조금 이른 시간에 출근한 순자는 평소대로 출근하자마자 야간에 졸지 않도록 커피 한 잔을 털어 마시고 배정 받은 자신의 자리로 간다.

그때, 대각선 방향에서 이제 막 출근을 한 현이 엄마가 어김없이 순자에게 환하게 웃으면서 반긴다.

순자는 오늘 야간조에 인센티브를 받을 수 있는, 순자가 스스로 신청한 제일 힘든 일을 배정받았다.

컨베이어 벨트를 타고 오는 물건들을 지역별로 분류해서 적재하고 어느 정도 높게 쌓이면 물건을 다시 비닐로 둘둘 말아 랩핑해서 차에 싣는 업무다.

안 그래도 힘든 공정인데 오늘따라 순자에게 무거운 음료수 박스들과 쌀과 애견 대용량 사료들이 운 나쁘게도 걸린다.

그 물건들이 무너지지 않도록 일일이 차곡차곡 쌓아 넓고 팽팽하게 감싸야 하는 랩핑 작업 또한 여기서 일하는 고된 일 중의 하나이다. 온몸을 이용해서 랩핑하는 작업을 하다 보면 그야말로 옷이 땀으로 흠뻑 젖어 버리기 일쑤다.

또한, 잠깐이라도 자리를 비우면 순식간에 컨베이어 벨트에 물건들이 쌓이기 때문에 자리를 뜰 수 없다는 것이 순자에게 여간 힘든 일이 아닐 수 없다.

그나마 다행인 건 이 힘든 쿠팡 허브 작업이 다른 일보다 일당이 더 세다는 점이다.

그래서 순자는 아무리 힘들어도 조금이라도 더 돈을 벌기 위해 한 달에 9, 10회 이상은 이 허브 공정작업을 신청한다.

일을 정신없이 하다 보니 어느덧 시간이 새벽 네 시가 다 되어 간다. 어느새 온통 땀으로 뒤범벅이 된 순자에게 드디어 15분의 휴식 시간이 주어졌다.

앞으로 두 시간만 더 일하면 드디어 순자가 기다리는 퇴근 시간이 온다.

순자가 땀 좀 씻어 내리고 화장실을 가려는데 현이 엄마가 다가오며 같이 가자고 한다.

"어머, 이 땀 좀 봐. 세상에, 옷도 다 젖었네. 여기 이 일은 한여름이랑 한겨울은 진짜 할 게 못 되는 것 같아. 일도 힘들어 죽겠는데 냉난방이 이렇게 허술해서야 원, 쯧쯧."

현이 엄마는 자신의 마른 손수건을 꺼내 친절하게 순자 얼굴의 땀을 닦아 준다.

늘 자신에게 친절하고 마음이 따뜻한 현이 엄마.

"화장실 얼른 다녀오자. 빨리 갔다 오면 같이 커피 한잔할 시간은 있으니까."

현이 엄마는 순자에게 웃으며 얘기한다.

이 쿠팡 물류센터에서 현이 엄마가 없었더라면 이 힘들고 고된 일이 더더욱 힘들었을 거라고 순자는 현이 엄마와 화장실을 가면서 생각했다.

외부에 있는 화장실로 나온 순자는 바깥의 한여름 새벽 공기 내음이 습하고 무더운 물류센터 내부와는 다르게 신선하다고 느낀다.

오늘 새벽도 순자의 고된 하루가 그렇게 어김없이 지나가고 있었다.

room 44

혁진의 방

이른 아침부터 나와서 오토바이 퀵 배송 일을 하고 있는 혁진은 일이 도무지 손에 잡히지 않는다.

슬픔에 사무쳐 울던 유미의 목소리가 자꾸만 귓속에 맴돌기 때문이다.

7급 공무원 시험에 결국 또 떨어져 버리고 말았다고 울먹이며 전화기를 통해 들려오는 유미의 목소리를 듣고 혁진은 자기 자신의 마음속 웅덩이에 큰 바윗덩어리 하나가 '쿵' 하고 내려앉는 착각이 들었다.

그렇게 밤낮으로 잠도 안 자 가며 공부만 한 유미였는데. 혁진을 일부러 만나지도 않으며 그토록 열심히 공부에만 매달렸던 유미였는데.

혁진은 유미가 시험에 떨어졌다는 사실보다 유미가 얼마나 마음의 상처를 크게 받았을지, 그러한 사실이 더 가슴이 아프고 아렸다.

유미의 불합격 소식을 들은 혁진은 오히려 예전보다 유미를 자신이 지켜 줘야겠다는 막중한 책임감이 더 솟아오름을 느낀다.

이제 혁진 자신이 유미의 안전한 울타리가 되어 주고, 튼튼한 버팀목이 되어 평생 사랑하는 유미를 아껴 주며 행복하게 해 주리라고 이전보다 더 강하게 다짐한다.

유미의 공무원 시험 전. 늦은 봄부터 8월의 한여름이 된 지금까지 함께 찾아갔던 영우의 병문안을 빼고서는 단 둘이 한 번도 만난 적이 없던 혁진과 유미다.

그 이후로 오늘 오랜만에 다시 만나기로 약속한 혁진과 유미는 만나면 늘 그래 왔듯이 둘은 만나자마자 단골 실비식당으로 가서 늘 먹던 순두부찌개와 고등어구이를 시켜 사이좋은 오누이처럼 서로를 챙겨 주며 밥을 먹는다. 마치 어제도 그제도 만나서 아주 오래전부터 밥을 먹어왔던 것처럼.

혁진은 이 귀한 순간들이 박제된 시간처럼 영원히 그대로 멈추었으면 좋겠다는 생각을 문득 해 본다.

밥을 먹고 난 후 둘은 약속이나 한 듯 유미의 좁은 방 안에 누워 조용히 서로에 대한 사랑을 확인했다.

둘은 연인이기 이전부터 마치 태초에 아담과 이브였던 것처럼. 둘로만 이루어진 가족과도 같은 공동체처럼. 서로가 서로를 처음 봤을 때부터 강렬한 '끌림'이 존재했던 것처럼.

그렇게 서로를 한없이 갈망했다.

유미의 코끝에서 입술까지 이어지는 거친 들숨과 날숨.
안타깝게 흩어져 버리고 마는 아깝고도 귀한 숨결.
그리고 햇빛처럼 찬란히 쏟아지는 복숭아 향이 나는 것 같은 유미의 그 순한 살내음.

 혁진이 유미를 품자, 유미의 아름다운 곡선의 형태를 지닌 몸은 마치 팽팽한 활처럼 휘어졌다.

 혁진은 이 모든 것이 현실이 아닌 물거품처럼 스러져 버리고 마는 한낱 아득한 꿈처럼 느껴졌다.

 그러나 이것이 꿈이 아닌 현실임을 알기에 혁진은 유미를 품고서 모든 것에 감사한 마음이 가슴속 깊이 충만하게 꽉 차 올랐다.

room 45

유미의 방

 동이 터오는 새벽녘에 눈을 뜬 유미는 자신의 좁은 침대에서 잠든 혁진의 얼굴을 가만히 들여다본다.

 하얗고 넓은 이마, 짙은 눈썹, 서늘해 보이는 오똑한 콧날, 꽉 다문 다정한 입술과 날렵한 턱선을 유미는 혁진의 이마에서부터 눈과 코, 입, 턱선까지 하나하나 어루만져 본다.

혁진을 더 많이 사랑할수록 더더욱 애틋한 감정이 복받쳐 오는 유미는 새벽이 가고 아침이 오는, 그 어느 중간 어디쯤의 시간에 기쁨인지, 슬픔인지 모를 눈물을 자신도 모르게 흘리고 있다.

너무 크나큰 행복감을 느끼게 되면 '불안'이라는 감정도 함께 덧씌워지는 법.

그러함에 유미는 혁진이 바로 자신 곁에 있음에도 불구하고 자꾸만 바보처럼 마음에 알 수 없는 균열이 일어난다.

다 쓸데없는 기우라 생각하고 시험이 끝난 유미는 혁진이 일어나기 전에 혁진의 도시락을 싸 놓기로 한다.

유미가 어제 미리 생각해 놓은 오늘 메뉴는 새우볶음밥이다.

고시원 공용 부엌이다 보니 이것저것 다양하게 도시락 반찬을 만들기가 수월하지 않아 거의 일품요리로 혁진의 도시락을 싼다.

어제 사다 놓은 새우를 냉장고에서 꺼내어 당근, 양파, 애호박을 잘게 다져서 굴소스와 함께 볶아 낸다. 그리고 그 위에 혁진이 좋아하는 계란 프라이를 얹는 것도 유미는 잊지 않는다.

유미는 혁진의 도시락을 챙겨 혁진을 출근시키고, 고향에 계시는 부모님께 전화를 걸어 보려 한다. 유미의 불합격 소식을 부모님은 아직 모르신다.

오늘은 그 이야기를 전해 드리고, 합격할 확률이 높은 9급 국가직 공무원 시험을 보겠노라고 부모님께 당당하게 말씀드릴 것이다.

돌아오는 내년 봄에 합격하면 이젠 더 이상 유미 자신의 뒷바라지는 그만하셔도 된다고. 그동안 고생 많으셨다고.

9급 공무원이 되면 아버지, 어머니의 생활비도 보태 드리겠노라고 이야기할 것이다.

침울한 목소리가 아닌, 밝고 씩씩한 목소리로.

부모님이 고향 여주에서 이제 당신들의 막내딸인 유미 걱정을 더 이상 하지 않도록 말이다.

유미는 심호흡을 한 번 크게 하고 엄마의 휴대폰으로 조심스럽게 전화를 건다. 엄마의 휴대폰 신호가 다섯 번째쯤 울릴 때 엄마가 그제서야 전화를 받는다.

"엄마! 나 유미. 뭐 하고 계셨어?"

유미는 엄마에게 말한다.

"뭐 하긴. 시골에서 사방천지가 발 디디면 다 일인데. 네 아빠랑 일찌감치 고추 따고 들어왔지. 대낮엔 땡볕 때문에 너무 뜨거워서 아침나절에 다 따 놓아야 해. 아참! 너 시험 본 거 발표나지 않았니? 어떻게 됐어? 네 기운 없는 목소리를 들으니 좋은 소식이 아닌 것 같네. 엄마 말이 맞지? 유미야?"

엄마는 숨 돌릴 틈도 없이 말씀하고 계셨다.

유미는 엄마의 말에 한참을 뜸들이고 침묵하다가 이윽고 입을 열었다.

"응, 엄마. 어떻게 아셨대? 울 엄마 이제 점쟁이 다 됐어."

유미는 짐짓 명랑한 목소리로 얘기한다.

그런데 그렇게 말하는 유미의 눈에서 눈물이 흐르고 있다.

유미는 막상 내내 그리웠던 엄마의 목소리를 들으니 담담해지려고 애써 노력했던 마음이 분수처럼 터져 나와 그동안 서러움으로 점철되었던 마음이 한순간에 복받쳐 엄마 품에서 펑펑 울고 싶어졌다.

"유미야. 아빠, 엄마는 괜찮아. 우리 막내딸 성격을 우리가 잘 아는데 뭘. 성실이라면 1등인 우리 딸이 떨어졌다면 그건 어쩔 수 없는 일일 거야. 네가 또 얼마나 최선을 다해 공부를 했을지. 아빠, 엄마 눈엔 안 봐도 눈에 훤히 다 보이거든. 네가 할 수 있는 다른 일들이 또 있을 거라 믿어, 다시 도전하고 싶으면 아빠, 엄마 눈치 보지 말고 재시험 보고. 아빠, 엄마는 네가 무슨 일을 하든 간에 널 무조건 믿고 응원해."

태생적으로 본성이 선량한 유미의 어머니는 오히려 이렇게 유미를 위로해 주고 격려해 주었다.

유미는 엄마와 전화를 끊고 난 후 자신의 좁은 방 안에서 다섯 살 난 어린아이처럼 처음으로 펑펑 소리 내어 목 놓아 한참을 그렇게 울었다.

춘복의 방

다시 돌아온 선영과 카페 안으로 들어온 춘복.

바깥에 찌는 듯한 더위와는 반대로 카페 안은 차가운 에어컨 냉기로 춘복에겐 마치 별천지와도 같았다.

그늘진 카페 창가 쪽에 춘복과 선영은 자리를 잡고 서로를 마주 보고 앉았다.

아직도 춘복은 얼떨떨해 지금의 상황을 도무지 믿을 수가 없다.

'내가 지금 더위를 먹었던가.'

둘은 한동안 말을 잇지 못하고 침묵만 지키고 있다가 이윽고 춘복이 입을 열었다.

"선영이. 네가 선영이 맞냐?"

작년 늦가을에 고시원을 나갔던 선영은 몰라볼 정도로 더 야위어 있었다.

"네, 저 맞아요. 아버지 딸 선영이. 일단 시원한 거부터 마셔야겠어요. 이 땡볕에 폐지를 주우시면 어떡해요."

선영은 일어나서 음료를 주문하러 나간다.

잠시 후 선영이 생과일 토마토 주스 한 잔과 아이스커피를 쟁반에 담아 가지고 왔다.

"많이 더우셨을 텐데 일단 시원한 주스부터 드세요, 아버지."

선영은 말한다.

춘복은 아직도 자신의 끈적한 눈을 여러 번 끔뻑거리다가 선영이 하라는 대로 주스를 한 모금 마신다.

"죄송해요, 아버지."

주스 잔을 들고 있는 춘복에게 선영은 고개를 떨구고서 말했다.

"됐다, 됐어. 네가 온 걸로 이제 됐어. 그것으로 나는 충분하다. 이렇게 다시 돌아와 줘서 정말 고맙다. 선영아."

춘복은 선영에게 진심을 담아 얘기했다.

그러나 선영은 숙였던 고개를 천천히 들고서 그동안의 얘기를 해나가기 시작했다.

"제가 고시원을 그렇게 나와서 악착같이 돈을 모으려고 그동안 숙식이 제공되는 일식집에서 일했어요. 그곳이 일당이 좋거든요. 근무 외 수당으로 손님들이 주는 팁 들조차 다 꼬박꼬박 저축했어요. 아무리 힘들어도 아버지와 영우를 생각하면서요. 앞으로 이렇게 일식집에서 1, 2년만 더 죽어라고 일하면 월세방 보증금 얻을 수 있는 돈을 마련할 수 있을 테니까 아버지 힘드신 거 알지만 그때까지만 영우 좀 부탁드릴게요. 제가 곧 모시러 올게요."

선영은 자신의 낡은 가방에서 봉투 하나를 꺼내 춘복의 손에 쥐어 준다.

춘복은 방금 전 편안해졌던 표정이 일그러져서 선영이 쥐어 준 봉투를 카페 테이블에 다시 내려놓는다.

"영우가 죽었다 살아난 건 알고 있냐? 어린이집 계단에서 굴러떨어져서 뇌수술을 크게 했다."

춘복은 선영에게 간단명료하게 얘기했다. 그 말을 듣고 선영은 말을 잇지 못한다. 그리고 고개를 떨구고 눈물을 뚝뚝 흘리고 있는 자신의 하나밖에 없는 딸 선영이를 춘복은 진물이 난 눈으로 바라보고 있다. 그리고 춘복은 마음먹었다는 듯이 말한다.

"가거라. 완전히 돌아온 거 아니면 어서 가거라. 영우는 볼 생각 말고."

춘복은 바로 자리에서 매정하게 일어난다.

선영은 그런 아버지를 붙잡지도 못한 채 마치 오래된 밀랍 인형처럼 그대로 움직이지도 못하고 카페를 나가는 자신의 아비를 차마 잡지도 못한다.

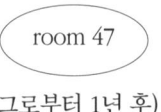

(그로부터 1년 후)

은재의 방

증세보다 한참이나 더 심각했던 병원에서 진단받은 은재 엄마의 검사 결과다.

겨우 1년 사이에 하루하루 놀라울 정도로 빠르게 증세가 나빠진 은재의 엄마는 결국 병원에서 중증 치매를 진단받고 은재는 자신의 엄마를 요양원에 모셨다.

은재는 자신이 없었다.

어느 누가 자신을 보고 돌을 던지거나 비난을 한다 해도 중증 치매 어머니를 모시고 단둘이 살아갈 자신이 도저히 들지가 않았다.

그렇게 은재는 비겁의 탈을 쓰고서 엄마를 보냈다.

은재는 어려서도 성년이 되어서도 결국 나이 든 노모에게 단 한 번도 효녀가 되어 보지 못했음을 은재는 뒤늦게야 비로소 깨닫는다.

은재의 타고난 성정 때문인지 어려서부터 엄마의 표가 나는 따뜻한 정을 못 받아 봐서인지 은재는 엄마를 그렇게 요양원에 보내고도 서너 날을 멍하니 우울하게 하루하루를 보냈지만 은재가 생각하기에도 의외로 요양원에 보낸 엄마를 생각하며 딱히 서럽게 울지는 않았다.

사람은 누구나 태어나고 나이 들면 이승을 떠나야 하는 건 당연한 순리라는 것을 은재는 잘 알고 있기에 구순이 다 되어 가는 자신의 노모가 요양원으로 들어가신 것을 특별히 안타까워하지도 애통해하지도 않았다.

그러했던 이유는 은재 자신도 태어나면서부터 너무 오래 살고 싶은 마음은 추호도 없었으니까 말이다.

은재는 엄마를 보내고 자신은 은천동 엄마의 집으로 자신의 거처를 옮기기로 결정했다.

때마침 두 달 전, 이 낡고 오래된 고시원에 결국 철거 공지가 날아왔기 때문이기도 했다.

은재는 오랫동안 가족같이 정들었던 이 고시원에 함께 살았던 순자 아줌마, 춘복 할아버지, 영우, 그리고 유미, 혁진과 헤어져야 한다는 게 다만 아쉬울 뿐이었다.

은재의 성격을 되짚어 보자면 이 같은 심경은 놀라운 변화가 아닐 수 없다.

이제 내로라하는 어엿한 영화 시나리오 작가로 성공한 은재가 오늘 관악구 은천동 엄마의 집으로 들어가는 이삿날이다.

꾸릴 짐이라고는 은재의 책들과 노트북, 옷 몇 가지일 뿐.

304호 혁진이 자신의 오토바이로 은재의 얼마 안 되는 짐을 고맙게도 옮겨다 주겠노라고 했다.

이 고시원 좁은 방에서 두 번째로 떠나는 은재를 나머지 이웃들이 배웅해 주러 나왔다.

제일 첫 번째로는 그렇게 바라던 아들 민석이가 있는 [누리원]으로 들어가게 된 순자 아줌마였다.

순자 아줌마가 일부러 시간을 내어 은재 이삿날에 와 주었다.

눈물을 글썽이고 있는 순자 아줌마를 은재는 진심을 다해 꼭 끌어안아 드린다.

그리고 마침내 돌아온 영우 엄마 선영과 춘복 할아버지, 영우, 그리고 9급 공무원 시험에 합격한 후, 혁진과 결혼 허락을 받은 유미까지 모두 고시원 문 밖에 은재를 배웅하러 나와 있었다.

그리고 다음 만남을 기약하며 서로가 서로를 안아 주며 눈물을 흘렸다.

이 선하고 착한 사람들과 작별 인사를 하는 은재의 발길이 떨어지지가 않았다.

잠시 후, 혁진의 부름에 은재는 일부러 눈물을 보이지 않으려고 오토바이 뒷자리에 재빨리 성큼 올라탔다.

사람은 결코 홀로 살 수 없는 법.

한없이 부족한 서로가 서로에게 기대어 의지하고 감싸 주며 기쁠 때나 힘들 때나 곁에 존재하는 것이 물질보다 더한 지친 삶에 크나큰 힘이 되는 것이라고 은재는 떠나며 생각한다.

오토바이 굉음을 울리며 달리는 은재의 뺨 위로 차갑고도 스산한 초겨울 바람이 그렇게 무심히 빠르게 스쳐 지나가고 있었다.

좁은 방

ⓒ 백수정, 2025

초판 1쇄 발행 2025년 11월 4일

지은이	백수정
펴낸이	이기봉
편집	좋은땅 편집팀
펴낸곳	도서출판 좋은땅
주소	서울특별시 마포구 양화로12길 26 지월드빌딩 (서교동 395-7)
전화	02)374-8616~7
팩스	02)374-8614
이메일	gworldbook@naver.com
홈페이지	www.g-world.co.kr

ISBN 979-11-388-4891-6 (03810)

- 가격은 뒤표지에 있습니다.
- 이 책은 저작권법에 의하여 보호를 받는 저작물이므로 무단 전재와 복제를 금합니다.
- 파본은 구입하신 서점에서 교환해 드립니다.